a
庫

影の花嫁

山野辺りり

イースト・プレス

contents

序

　その屋敷は、帝都に在《あ》りながら広大な土地を有していた。

　木々の生い茂る森を背後に抱き、他者を拒む何処までも続く塀に遮られた異界。堅牢な門扉が物言わぬ威圧感を放っている。

　到底一軒の家とは思えぬ風情に、庶民は皆羨望と畏怖の念を感じていた。その前を通過する時でさえ好奇心を刺激され、一目内部を覗こうと試みるが、高い塀と木々がそれを許さない。昼なお陰鬱な影のさす敷地内は、何人たりとも深く関わるのを忌避する風情があった。

　明治が終わり、元号が大正と改められ数年――世間では民主主義という考え方が広まり始めている。洋装を纏い街中を闊歩する者も増え、女性の髪型にも西洋風が流行の兆しを見せていた。景気の良さから庶民でも自由主義を標榜し、保守的な年寄りが眉を顰《ひそ》める様な文化が次々と生まれては消えていく。

　だが、此処九鬼《くき》家に於《お》いてはそんなものは無関係だった。時が止まった様な囲いの中、時代の変遷などに影響を受ける事無く変わらぬ栄華を誇っている。多数の事業はどれもうなぎ上りの業績を上げ、政界や軍部にも太い繋がりを持ち、各所に根を張っている。それは表の世界は勿論、日の目を見ない裏の世界にも言えた。

　仮に一国の首相だとて無視出来ない存在、それが九鬼一族だ。

　だが、あらゆる特権を有したこの家の本当の姿を知る者は少ない。逆に言えば知っているという事が、一部の限られた人間として認められた事になる。つまり、国にとっての最重要人物として。

　そんな屋敷の奥深く、最深部に数日前より一人の女が囚われている事など、誰にも気付かれるはずが無かった。万が一知ったところで、何か出来る人間など皆無だ。

　人ひとりの失踪を隠蔽《いんぺい》する位、九鬼の力を使えば赤子の手を捻《ひね》るより簡単で、まして身寄りの無い娘ならば尚更。

　だから今夜も哀れな女の声が外に漏れ出る事はない。すすり泣く声も、艶やかな嬌声も。

「……ぁ、ん、……やぁっ、あっ」

「いつまで被害者ぶっている？　こんなに濡らして感じている癖に」

「ひぁっ……!?」

　ぐっと腰を深く突き入れられ、女の背がしなった。その際ずり上がった身体を、強引に引き戻される。

　ぐちゅっと淫らな水音が結合部から立ち、目尻に溜まっていた涙がまた零れ落ちた。

「……い、や……、も、やめてくださ……ぁっ、あんっ」

細っそりとした白い脚が限界まで開かれ、男の動きに合わせて揺れている。薄暗い室内でそこだけが淫靡に浮かび上がって見えた。

痩せた肢体には不釣り合いな豊かな乳房が誘う様に震え、赤く色付いた頂《いただき》は熟れた果実よりも魅惑的だ。男も逆らう事無く口に含み舌で転がす。

「んん……っ、やぁ……！」

「……っ、嘘をつけ。嬉しそうに締め付けて来るぞ」

「ち、違……っ、私は……」

拒む言葉とは裏腹に、男を咥《くわ》え込む場所が妖《あや》しく収縮する。溢れる蜜が尻まで伝い敷布を濡らしていては、いくら否定しようとしても説得力などまるで無い。それが分かっているだけに、女の羞恥は尚煽《あお》られた。

彼女を攻め苛《さいな》む男は、息を呑む程美しい。姿形だけを見れば、作り物めいた完成美に見惚れる者も多いだろう。

だが切れ長の瞳を冷たく細め、その奥には暗い欲望が灯っている。酷薄に歪めた薄い唇は、度重なる接吻で僅《わず》かに赤らんでいた。しかしそれでいて下劣ではない品を纏い、彫像の如く均整の取れた身体を伝う汗さえも装飾品かの様に肌を飾る。くせの無い黒髪が濡れて張り付くのは、匂い立つ程蠱惑《こわく》的だった。

その下で哀れに苛まれているのは男より幾つか年若いと思われる清楚な娘で、艶やかな黒髪を敷布に広げ、同じ色をした大きな瞳を潤ませ喘《あえ》いでいる。

男を拒もうとする手首には、黒い珠《たま》の連なった腕輪が枷《かせ》の様に巻かれていた。

既に何度も注がれた白濁が男が動く度に奥から溢れ、太腿を伝う生温かい感触に女は絶望感を募らせた。しかし男のもので感じる場所を抉られれば素直に身悶え善《よ》がってしまう程には行為に慣れてしまっている。

「あっ、ぁん……ッ、あ、ああっ」

「……そうだ、お前はただこうして身体を開いていれば良い。余計な事など考えるな」

脚を男の肩に担《かつ》ぎ上げられたせいで、無防備に晒《さら》された場所へ更に深く迎え入れてしまう。一番奥を突かれ、女は頭を振ってわなないた。

「……んぁッ、あ、ぁあっ……！」

肌と肌がぶつかる音が激しくなり、同時に陰核が擦《こす》れ、女は大きな快楽の波に飲まれていった。思考は曖昧《あいまい》に砕け、間も無く訪れる高みへの期待でいっぱいになる。

「……ひ、ぁっ、壊れちゃ……ッ、駄目、あ、ぁあっ」

「いっそ壊れれば良い。……そうなっても、逃げられはしないがな」

「……あっ、ああッ、ゃあっ、ぃあ……あああ――ッ！」

跳ねる身体の奥で解放された熱を感じ、子宮を叩く飛沫《ひまつ》にまた一段絶頂へと飛ばされてしまう。最後の一滴まで搾り尽くそうと内部が蠢《うごめ》くのが分かる。

浅ましい自身の反応に涙しながら、女は意識を手放した。

一　来訪者

立ち昇るか細い煙を見ていた。

不規則に揺れるそれは、時折踊る様に大きくくねる。元々線香の匂いは嫌いではないけれど、今日ばかりは酷く鼻についた。

梅雨入りにはまだ早く、連日爽やかな陽気が続いているが少しも気持ちを和らげてはくれない。まして夜ともなれば過ごしやすさがいっそ腹立たしくもある。

少なかった弔問客は既に皆去り、息をするのも躊躇《ためら》われる静寂だけが八重《やえ》に寄り添い、「どうして」と最早何百回となく浮かんだ言葉がぐるぐると頭を占《し》めている。

不思議と悲しみは薄く、麻痺した思考が出口の無い迷路をさ迷い何の気力も湧いて来ない。

満足に遺影も用意出来なかった葬儀は酷く簡素なものとなった。母娘二人の生活では写真を撮る余裕など無かったし、彼女は記録に残されるのを嫌っていた。

だから代わりに飾られたのは、愛用していた簪《かんざし》。気に入りの物だったのか、それしか持っていなかったからなのか、母はそれを毎日使っていた。唯一とも言える装飾品を外され、何処か物寂しいがそれでも柩《ひつぎ》に眠る母は美しかった。

生活の苦労は確実に彼女の容姿を蝕《むしば》みはしたが、跳ね返す程に明るく快活だった母。笑顔の印象しか無かったせいで、彼女が不治の病に倒れるまで八重は失う事など想像さえした事は無かった。まだ四十一歳と若かったのが逆に病の進行を早めたらしい。渋る母親を引きずる様にして病院に連れて行った時には全てがもう手遅れで、手の施しようも無く、後は如何に穏やかな最期を迎えるかという選択肢だけしか残されていなかった。

(私のせいだわ)

いつでも八重を優先し自分の事は後回しにしていた彼女だから、多少の不調など我慢し続けていたのだろう。お金の心配もあったのかもしれない。

甘えたままではなく、何故もっと支えてあげられなかったのか。きちんと見ていれば、早く気付けていたはずだ。その時点でなら、間に合ったかもしれない。顔色が悪いと感じた時、無理にでも休ませていれば。後悔ばかりが胸を占める。

どちらにしろ、八重さえいなければこんなに死期を早める事はなかっただろう。母一人であれば、もっと別の人生があったはずだ。

実際、彼女に懸想《けそう》している風の男性を何度も見掛けた事がある。その全てを袖にしていた様だが。中には熱心な求婚者も居て、子供である八重から篭絡《ろうらく》しようと試みる者も居た。その人は母の逆鱗に触れ去って行った。

また時には金に糸目を付けない様な男もあったが、どれだけ生活が苦しくとも彼女が頷く事はなかった。上品な紳士も、情熱的な若者も、頼り甲斐が有る男性も、母の心を射止める事は叶わなかった。それは既にただ一人を心に住まわせていたからかもしれない。

八重は父親の顔を知らない。過去に何度か問うてみたが、悲しそうに微笑まれただけだった。以来、この話題はしてはいけないのだと子供心に強く刻み込み、口にした事は一度もない。時折小さな紙を取り出し、表面を撫でながら思い出に耽《ふけ》っていた母の姿が記憶にある。

事情が有るのか、長く一つ所に定住する事無く親しい知人も作らず、二人だけで寄り添って生きて来た。

それは寂しくもあったが同時に母娘《おやこ》の絆を強く深めるものでもあり、八重にとっての世界は母親だったし、母にとっての全ては八重だった。

それが今、失われた。

呆然と座り込む八重は喪服のすそが皺になるのも気にならず、もう何時間もそのままの姿勢でいる。

何もかも、どうでも良い。

明日からの生活も、窶《やつ》れて一回り痩せた身体も全部煩わしくて堪らない。いっそのこと、このまま儚くなってしまっても構わないとさえ思う。

八重はゆっくりと息を吐いた。

「今晩は。遅くなってしまい、申し訳ない」

ふと粗末な玄関口から物音がし、暫く振りに頭を上げた。ぱきり、と音を立てた首が八重の静止していた時間の長さを表している。聞き覚えの無い壮年の男の声に、身体は機械的に反応する。言葉通り些《いささ》か非常識な刻限だが、母を悼《いた》んで足を運んでくれたとあれば、出迎えない訳にはいかない。

八重は重い身体を引きずる様に戸口を開いた。

「この度は御愁傷様でございます……」

「……っ」

黒い着物なのは当然にしても、顔を隠す程目深《まぶか》に被られた帽子は異様な雰囲気を醸《かも》し出すのに充分だった。更には黒い手袋。寒さとは無縁な、この時期に。

夜をそのまま形にした様な黒尽くめの男達が、全部で三人静かに佇《たたず》んでいた。年齢はばらばら。八重とたいして変わらなそうな年若い者も後方に控えている。

切れ掛けた街灯の光が逆光となって、表情は窺い知れない。だが陰鬱な空気が重苦しくのし掛かり、その無機質な気配と異常な存在感が弥《いや》が上にも八重の警戒心を煽った。

「あの……」

友人という感じでは無い。と言って、母の仕事仲間とも思えない。

八重と同じ紡績《ぼうせき》工場で働いていた母の同僚と言えば、女性が主だ。工場長など経営陣は男性だが、彼らがわざわざ足を運んでくれるとも思えない。

「九鬼桜《さくら》さんの娘さん、八重さんで間違い無いかね？」

「……え？　八重は確かに私で、桜は母の名ですが……」

九鬼などという名字では無い、という台詞は最後まで口にする事は許されなかった。

「……見つけた」

「!?」

ぞっとする笑みを浮かべ、中心に立っていた男が一気に距離を詰める。

反射的に後ずさったのを、畳み掛ける如く室内に押しやられた。

「きゃ……っ」

本能に従い逃げるより早く、大きな手で口を塞がれ組み伏せられた。頬が畳に押し付けられる。

生まれて初めて加えられた直接的な暴力でぞっと背筋に冷たいものが湧き上がり、喉の奥で掠れた息が漏れた。

「おい、気をつけろ。間違っても傷一つつけるなよ。俺達の首が飛ぶ」

「分かっている。しかし本当にこの女が……？」

「それを判断するのは我々ではない。早く連れて行け」

手際良くなされる拘束には、荒事に慣れた臭いがした。それがまた恐怖を増長させ、八重に悲鳴一つあげる事を許さない。ただ震える身体の中で唯一自由になる目だけを見開くのが精一杯だった。下手に騒げば殺される、と先程まで死を見詰めていたにも拘《かかわ》らず肉体は貪欲に生を求め、抵抗を放棄する。

そんな八重の震えが伝わったのか、抑え込む男の一人が微かに力を弱めた。

「心配する必要は無い。貴女《あなた》が本来居るべき場所に帰るだけですよ」

そう言って彼が八重の鼻と口を布状のもので覆った途端、ぐらりと意識は反転した。

霞む視界の中、土足のまま踏み荒らされた室内がぐるぐる回る。見下ろして来る男達は全員無表情だ。

(……お母さん……っ)

助けを求め伸ばした手は彼女が眠る小さな壷《つぼ》へ届く事は無く、力無く畳へと落ちた。


極彩色の夢の中、八重はふわふわと漂《ただよ》っていた。

見覚えの有る景色も有れば、全く記憶に無い風景もある。

その中で形を無くし自我だけの存在となった八重は、流されるまま浮き沈みを繰り返す。

熱も、匂いも、手触りも何も無い。

ただ傍《そば》に母の気配を感じる。

静かに包み込まれる安らぎに、この数日ずっと抱えていた強張りが解けて行くのが分かった。

(ああ……全部、悪い夢だったんだ)

お母さんが居なくなるなんて、やっぱり信じられない。

良かった、早く目覚めなくちゃ……

ほっとしたのも束の間、物凄い力で引き上げられるのを感じた。無慈悲なまでの強引さで、問答無用に八重を捕えて離さないそれは、絡みつく様にして侵食して来る。肉体ではなく、精神の奥の奥まで。

（嫌……っ、怖い！　離して……！）

ぐんぐん近くなる天上は昇るほどに漆黒を深めていった。

墨《すみ》を溶かした色には星の瞬きさえ見えやしない。落ちていると錯覚しそうになる。

遠退く母の声が「諦めないで」と囁いた気がした。

（お母さん……っ、お母さん……！）

その時、遠くで微《かす》かな泣き声が聞こえた。

自分の声では無い。そもそも目も口も無い今の自分が泣くなど有り得ない。

（誰……？）

幼い子供の様な啜《すす》り泣きは一番闇が濃い場所から漏れていた。怖くないと言えば嘘になる。

出来れば近寄りたくなどない。だが悲壮な声はやまず、放っておくことが躊躇われる。

（そこに、居るの？）

そう問いかけた瞬間、いつの間にか絡みついていた気味の悪い何かは消え、無明の闇に取り囲まれるだけとなった。

そうなれば存在するのは八重の自我と痛々しい泣き声のみ。

胸を占めるのは母性に似た衝動だけだった。

(泣かないで)

泥の中を進む様な重さを引き摺《ず》り、自らの意思で凝《こご》った闇に一歩踏み出した。


「……目を覚まされましたか」

感情の篭《こも》らない年老いた女の声が枕元から掛けられた。

「……?」

全身汗まみれなのが気持ち悪い。飛び出しそうな程に心臓が暴れている。

未《いま》だ悪夢の余韻を引き摺ったまま、八重は視線を巡らせた。母と肩寄せ合い暮らしていた住み慣れた部屋ではない。理由は分からないが、見知らぬ部屋にどうやら自分は寝かされている。

ふわふわとした柔らかな布団は、普段使っているものと比べ物にならない程の高級品だろう。薄く軽い上、絹と思われる手触りが心地良い。部屋の調度はどれも手が込んでおり、八重の見たことも無い豪華さだ。だがどうにも居心地が悪いのは、状況が飲み込めない故か。それとも無表情に佇む老婆の為か。

「此処は……?」

聞きたい事は山程あるはずなのに、出て来た言葉は月並みなもののみ。

頭の中に霞《もや》掛かったようで、ここに至るまでの経緯が上手く思い出せない。

「九鬼家本宅でございます」

「くき……？」

何処かで聞いた気がする。確か、意識を失う直前に。

記憶を探っていると、頻に畳のざらついた感触が甦《よみがえ》り身体が震えた。

「貴女のお母様の生まれ育った場所ですよ」

「え？」

母は天涯孤独であると言っていた。頼るべき親類縁者も居ないから、万が一の事が自分にあった時には八重が一人でも生きていけるよう充分な教育を施して貰えたと思う。

それが何故、こんな明らかに裕福な家に関わっているのか。

混乱した頭を軽く振り、八重はゆっくり身体を起こした。

その際着ていたはずの喪服ではなく、肌触りの良い浴衣《ゆかた》に変わっている事に初めて気が付く。勿論着替えた憶えは無い。ならば、この目の前の女性が……？　眠っている間に他人に触れられたかもしれない可能性は愉快なものでは決して無い。

「御気分は悪くありませんか？　まだ横になっていても結構ですのよ。だいぶお疲れの御様子。丸一日お休みでしたから」

「あの、大丈夫です。私……どうして……」

「それを説明するのは私の役目では有りませんわ。取り敢えず湯浴《ゆあ》みの準備は整っております。支度が整い次第お会いになられるのが宜《よろ》しいかと」

取りつく島も無く、老婆は立ち上がった。

当然の様に手を差し出され、思わず促されるまま浴室へと案内されてしまう。

公衆浴場しか行った事が無い八重には家の中に風呂があるなど衝撃だった。余程の裕福な者でなければ、そんな贅沢は出来るはずも無い。しかもそこへ至る廊下の立派な事と言ったら、目を瞠《みは》るものが有る。磨き上げられた床、沢山の部屋数、歴史を感じる重厚な柱や天井。物語の中でしか知らないお金持ちの御屋敷そのものだ。

「会うって誰に……!?」

「勿論、当主であられる九鬼龍月《りゅうげつ》様です」

「え?」

当主。そんな偉い方と何故自分が。

だがそんな疑問も、脱衣場にて老婆が八重の腰紐を解こうとした事で霧散した。

「じ、自分でやります!」

「これも私の仕事の内ですので」

庶民、それも決して裕福ではない生活しか味わった事の無い八重にとっては、入浴を誰かに手伝って貰うなど想像の範囲外だ。ましてや初対面の相手に。

「結構です! 本当に大丈夫ですから……っ、私一人で出来ますから……! あの、外、外で待っていてくださいっ！」

放っておけば、このまま浴室まで一緒に入りかねない。洗って差し上げますなどと言われたらどうすれば良いのか。

必死な様子に老婆は訝《いぶか》し気な顔をした。彼女には八重の方が奇妙に映るらしい。

「そうですか？　では外でお待ちしております」

「は、はいっ」

渋々といった態で、漸《ようや》く老婆は引き下がった。何度も不満気に振り返ってはいたが。

何が起きているのか、頭の中の整理がつかない。

何やら考えるのも億劫になり、八重は扉が閉められたのを確認してから浴衣を脱いだ。

二　籠の鳥

此処で待つように、と告げられもうどれだけ過ぎたのか。目覚めてからずっと傍にいた老婆はとうに立ち去り、八重は所在無げに一人座っていた。広い部屋は真新しい畳が敷き詰められ、欄間《らんま》や襖《ふすま》には見事な装飾が施されている。一目で高価と分かる、だが品の良い置物がさり気なく配置されていた。

（場違い……）

ひょっとして威嚇《いかく》されているのかと思う程、身の置き所が無い。入浴後に着せられた着物のあまりの見事さも理由の一つだ。

普段八重が身につける安価な銘仙《めいせん》とは似ても似つかぬ触り心地であった。女ならば一度は憧れる様な代物だが、実際身につけてみると汚れや皺が気になり、心苦しくておちおち座ってもいられない。色が白なのが、またいけないのだと思う。大振袖《おおふりそで》なのも慣れず、そっと滑らかな生地を撫でる。

先程の浴室にしても、広過ぎて落ち着かなかった。しかも見知らぬ花や薬草じみたものが浮いていて、不思議な芳香を放っていたのだ。

長く湯に浸かった訳でもないのに、何処かのぼせた感じがあるのはそのせいかもしれない。

火照る頬に両手を当て、八重は溜め息を吐いた。

不意に鼻腔《びくう》を擽《くすぐ》るのは、どれだけ八重が不要だと訴えても老婆が頑として譲らなかった香油の甘さだ。

これだけは絶対にしなければと、全身隈無く塗り込められた。特に胸や尻など隠したい場所程執拗で、八重が半泣きになったのは言うまでも無い。思い出すだけで羞恥から顔が赤くなる。確かに肌は未だ嘗《かつ》てなくすべすべになったけれど、それらの匂いが相俟《あいま》って酒に酔った様な気分になってしまった。

改めて周囲を見渡すと、四隅にお札《ふだ》めいた物が掛けられているのに気付く。特に信心深い訳では無いので何と書かれているかは謎だが、妙に不安を掻き立てられた。

そう思って他も観察すると、ただ置かれている様に見えた諸々も意味ありげに思えて来る。

何度目かの身動《みじろ》ぎの後、八重は空気の変化を感じ取り顔を上げた。

ピンと張り詰め、重苦しい何かが近づいて来る。それは先程見ていた夢の中で八重を捕えた何かに似た禍々しさ。

「……何……っ？」

自分にとって良くないもの。

不吉な風を呼び込む気配。それがこちらを目指してやって来る。

――逃げられない――

萎縮した八重の眼前で襖はすぅ……っと音もなく静かに開かれた。

「あ……」

そこに立っていたのは、一人の男性。傍に引き連れた供の者にかしずかれる様を見ても、彼がこの家で力を持つ立場なのは間違いないだろう。気怠げに、しかし鋭い視線で八重を射抜く瞳は暗い光を湛えていた。まだ二十代後半と思われる若さは正直予想外だった。当主と言うからには、もっと年配の男性を想像していたのだ。

「あの、初めまして……？」

飲み込まれそうな意識を叱咤して、何はともあれ挨拶しようと居住まいを正した。分からない事だらけだが、第一印象は大切だと思う。彼が此処での主導権を握っているならば、機嫌を損ねない方が得策だと思った。

「お前が桜の娘、八重か」

「はい、そうですが……」

冷たい声だった。

老婆の話し方も硬質だと感じたが、比較にならない程の冷淡さ。彼本人から発せられる凍りつきそうな気配に、八重は知らず汗ばむ拳《こぶし》を握り締めていた。

「ふん。本当に存在していたとはな……面倒だ」

強引に連れて来ておいてどういう事だ。失礼ではないかと抗議したいが、その勇気は湧いて来ず、反抗心を削ぐ雰囲気に言葉を飲み込む。不機嫌を隠そうともしないまま上座に座る男を、八重は盗み見た。

悔しいが、美しい男だと思う。

青味を帯びた黒髪が切れ長の瞳に掛かり、表情が乏しいせいでまるで精緻な人形だ。薄い唇は酷薄さを表す様に引き結ばれている。身体は特別大きい訳では無いが、鍛え上げられた隙の無さを感じさせた。八重と対を成す様な黒い羽織袴がしっくりと似合っている。こんな時でなければ、思わず頬を染めて見詰めていたかもしれない。

「――早速確かめさせてもらうぞ」

「え？」

突然腕を引かれ、八重は態勢を崩し男の胸へ倒れ込む形になった。

間近に男性の身体を感じるなど初めての事で、硬い胸板の感触に体温が上がる。反射的に吸い込んだ空気は、品の良い香を運んで来た。

「あの……っ」

「黙れ」

男は袂から石の珠が連なった数珠《じゅず》の様なものを手早く取り出し、それを八重の右手首に巻いた。

あまりの早業に、じゃらりと鳴った瞬間には既に装着されていた。

痛い訳ではないけれど、反射的に引こうとした手をビクともしない力で握り込まれた事に恐怖を感じる。ひやりとした硬い感触が八重の体温と同化していった。

「何……？」

無色の珠は向こう側が覗《のぞ》ける程の高い透明度を保ち、美しかった。手首を取り囲む様に惜しげも無く使われたそれは、八重には想像もつかない貴重で高価な代物なのだろう。

だがどうして自分に？　怪訝に思い見上げた瞬間、それが突如熱を放ち赤く染まり始めた。

「え？　あ、熱いっ……！」

慌てて外そうと試みるが、まるで食い込むようにピッタリと巻き付いて、肌に爪を立てる事しか出来ず尚更焦りを生む。

助けを求めて男を見たが、細めた瞳で冷静な視線を返されただけ。火傷する程の温度ではないが、恐怖を感じるには充分で、八重は半泣きになりながら珠を叩いた。

そうこうする内、石は更に深紅へと色を変えていた。今や透明であった事など全ての珠が忘れてしまった様に。

「間違いない、か」

少しも嬉しそうでは無い声音で呟くと、男は八重の顎を捕え強引に視線を合わせて来た。

「……っ」

その奥に底知れない闇が広がる。

暗い世界ばかりを目にして来たせいで、諦念や絶望を凝らせた瞳だ。それは、恐ろしいと同時に酷く哀れで悲しい。

吸い込まれるまま、八重と男は暫《しばら》く見詰め合っていた。僅かに、男の瞳が揺れたのは気のせいか。

「俺は九鬼龍月。この家の現当主だ。そしてお前は器。俺の子供を孕《はら》むためだけに存在する影の花嫁」

「え？」

告げられた言葉の意味が理解出来ないのは、したくないからかもしれない。立て続けに起こる出来事に頭がついていかない。

ただ、激しく身の危険を感じた。

「離して……っ、貴方、何を言っているんですか!?」

「もう選定はなされた。諦めろ。お前に出来るのは一日でも早く役目を果たす事だ。そうすれば解放はされずとも、ある程度の自由は得られるだろうよ」

――飲み込まれる。

その闇に深淵《しんえん》に。

引きずり込まれれば、八重はきっと自分を無くしてしまう。

脳裏で直感が逃げろと警鐘を鳴らした。

「嫌っ、どうして私が……こんなの犯罪でしょ？　無理矢理連れて来て一体何なの……!?」

「見た目程大人しくはないらしいな。まあ、言いなりにしかならない馬鹿な女よりその方が楽しめるか。お前は母親から何も聞いていないのか？」

「何を……？」

「お前達の役割についてだ」

母は過去を語らなかった。

どんな家に生まれ育ったかは勿論、友人知人についても。まるで抹消したいかの様に一切を捨てていた。だから責める口調で問われても困る。

八重が口ごもるのを見て、龍月は苛立たしげに舌打ちをした。

「役目を果たす事もなく、のうのうと生きて来たって事か。何も知らず、お気楽に……」

理不尽な言い掛かりだ。母の苦労も知らない癖に。そう思うと流石に腹が立ち、龍月を睨み付けると彼は皮肉気に眉を上げた。

「気が強いな。そうでなくてはこの家では生きていけない。早晩狂う事になるだろうよ」

陰鬱に目を細め、彼は八重を強引に立たせた。そのまま腕を取り、次の間へ続く襖を荒々しく開く。

パンという甲高い音に首を竦《すく》ませ、恐る恐る室内を覗き込めば、薄暗い中に敷かれた一組の蒲団だけが浮き上がって見えた。

先刻まで自分が寝かされていた物より二回り程大きな物。枕は二つ。

「……!?」

それがどんな意味を持つか分からぬ程八重は子供ではない。異性と親密な付き合いをした事は無いけれど、今置かれている状況が好ましく無い事は充分理解出来る。

「義務は早めに済ますに限ると思わないか？」

「あっ！」

見た目よりも逞しい身体に押し潰される様にのし掛かられ、八重は蒲団の上に転がった。龍月の呼吸が耳を擽り、震えが走る。男性の重みを全身で感じ、混乱は頂点に達した。真っ黒な、いっそ澄んでいると表現したくなる瞳が据えられ、逸らす事を許さない。

――憎まれている。

理由は分からない。だが、八重を連れ去りに来た者達も龍月も母のことを口にする。そして八重自身は与《あずか》り知らぬ罪を責めようとしているらしい。ならば原因は母に関する何かか。強く深い怨嗟の声が脳内に谺《こだま》した。

「……ひっ」

頭上で一纏めに括られた手首で、かちかちと紅い石が鳴る。今は熱は引いていたが、締め付けられる様で妙に重苦しく、まるで八重を雁字搦《がんじがら》めに拘束する鎖の様だ。

「や、嫌ですっ、やめてください！」

助けを求め龍月と一緒に来たはずの男を探したが、いつの間にか消え既に室内は二人きりにされていた。全てお膳立てされていたのだと改めて思い知る。自分は何と愚かだったのだろう。相手は簡単に女を拉致する輩だ。まともな倫理観など期待出来ないし、悠長に言いなりになっている場合ではなかった。

　これから我が身に降りかかる悲劇を想像し、八重は短い悲鳴をあげた。着物の合わせを押し開かれれば、容易く白い肌が覗いてしまう。母にさえ幼い頃以来見せた事の無い胸が、たった今言葉を交わしただけの男に晒されている。恐怖と緊張からか尖り始めた頂きが恨めしく、八重は涙で視界が霞むのを抑えられなかった。

　そんな胸中などおかまいなしに龍月の大きな手が素肌を這い、細い指が明確な意図をもって滑って行く。温度を感じさせなかった彼の瞳には、今は別の色が揺れていた。

「ふ、流石は俺の為に誂《あつら》えられた女だな。吸い付く様な綺麗な肌だ」

「え？　……あ、嫌……っ」

　性急に膝を割られ、淫らに脚を開かれた。

　そこに注がれる視線が居た堪れず、何とか脚を閉じようとしたが、間に龍月が居座る限り無駄な抵抗でしかない。むしろ足掻く程に白い腿が剝き出しになっていく。

「諦めろと言っただろう？　どうせもう……逃げられやしないのだから」

　彼が上半身を倒したせいで視界いっぱいに暗い笑みを浮かべた男が広がり、豊かな睫毛に縁取られた目が獲物を喰らわんと収縮する。

　凄絶な色気は八重の胸を騒がせるに充分だった。鼻腔には嗅いだ事の無い香り。龍月の体臭と焚《た》き染《し》められた香が混ざり合い、不思議な匂いを漂わせている。

それがまた不快でないのが八重を戸惑わせ、混乱させた。

「……ふぅ……っ、んん……」

生まれて初めての口づけは甘さの欠片も無いもので、正に『喰らわれる』という表現が相応しかった。

息を呑んだ瞬間侵入して来た舌が、我が物顔で八重の口内を探る。逃げ惑う舌を追い掛け捕えて離さず、ねっとりと絡まり次いで上顎辺りを擽られた。

「んっぅ……っ」

他人の唾液が混ざるなど気持ちが悪いはずなのに、酒に酔ったかの如く身体も頭も火照って行く。それはおかしな薬でも使われているのかと疑う程、効果覿面だった。

嫌悪からだけでは無い鳥肌が立ち、内側で何かが生まれて来る。

「……ふ、ぅっ」

漸く解放された時には、二人の間に銀糸の橋が刹那に掛かった。身体中から力が抜け、酸欠からぼんやりとしている間に、辛うじて残っていた襦袢《じゅばん》も引っ掛けているだけの無惨な有様にされていた。

「鼻で息をするんだ。そんな事も知らないとは……お前、生娘《きむすめ》か？」

「ひゃぅっ」

すっかり朦朧《もうろう》としていたのを鮮烈な刺激で引き戻されたが、目にしたものが信じられない。

龍月の思うがまま形を変えられた乳房に、彼が顔を埋めていた。

赤子に与えるものと思っていた場所に大人の男が口づけている。その倒錯的光景に眩暈《めまい》がし、一瞬抵抗さえ忘れてしまった。

「……あ、んっ、止め……ッ」

「感度は良いな」

低音で囁かれれば、ぞくぞくと背筋が震えた。脇腹を撫でられる度、不思議な熱が下腹部に溜まる。じり、と焦げる切なさが。

八重の身体が仰《の》け反る度に唾液で濡れた乳首がいやらしく揺れ、誘うその動きに龍月は抗うつもりは無かった。尖らせた舌でつつき、絡め甘噛みすれば素直に反応する八重に満足し、僅かに余る大きさの乳房の感触を堪能する。

柔らかさも弾力も申し分無い。そして顔を赤らめ、身悶える様も。

それがまた龍月の欲望と苛立ちを煽るのだと彼女は考えもしないだろう。

「嫌……っ、ぁん……っ」

「その割には随分気持ち良さそうだな」

自分で触れても何も思わなかったのに、龍月に触られているだけで熱くて堪らない。時折引っ掻く様に胸の飾りを弄られ、その度に八重は鳴いた。

甘い責め苦が思考を奪って行く。全力で抵抗しているのに、腰をくねらせる様は誘惑している様にしか見えなかった。

「ふ……本当に男を知らないのか？　だとしたら天性の淫《みだ》らさだ」

蔑んだ言葉が胸に突き刺さり、惨めさに拍車を掛ける。少しずつ下がる男の手に気付かぬ程、八重は初心《うぶ》だった。

「……そこは……っ、駄目っ触らないでぇっ!?」

身体を洗う以外では自分で触った事も無い場所へ他人の指が触れ、嫌悪と共に別の感覚が込み上げる。

くちゅり、と濡れた感触に八重自身が愕然とした。溢れた液は、確かに自らが生み出した物だ。先程から龍月に触られる度、滲み出す何かを感じずにはいられなかったが、頑なに無視していた。しかし突き付けられた現実は残酷だ。

「は……身体は正直だな」

「嘘……、こんな……ぁっああっ」

排泄する場所としての認識しか無かった所を摘まれ、八重は強烈な感覚に身体を強張らせた。

味わった事の無いものが全身を駆け巡り、気持ち良いのか苦しいのかさえ分からない。ただ止めてくれと懇願した。

しかしその願いが叶えられるはずも無く、龍月はより繊細にそこを愛でた。赤く膨れた蕾を擦られる度、だらしない嬌声が漏れてしまう。

「んん……ッ、あっ、ぁ、アッ」

子宮が疼き、八重の知らない何かを求め無視出来ない程熱く主張している。自分が自分で無くなる様な不安が同時に湧き唇を噛み締めた。

折角風呂で身を清めたばかりなのに、今また全身汗まみれになってしまっている。肌触りの良い敷布は、八重の体液で汚れてしまった事だろう。それが汗ばかりで無いのは容易に想像出来、絶望的な気分になる。

――なんて淫らな。まるで相手は誰でも良いみたいじゃない。

しかもこんな強引でひどい男に。本当なら触れられるだけで鳥肌が立ってもおかしくはないのに、現実は悦ぶ様に身体をくねらせるなんて――どこまで心を裏切るのかと涙が頬を伝った。

龍月は溢れた液を掬い取り、丹念に陰核へ塗り付け嘲笑った。

「いい顔になって来たな。いやらしい……雌《めす》の顔だ」

「……ひっ、や、ぁあっ……それっ、駄目、お、おかしくなるっ……」

「なれば良い。ほら、だいぶ濡れて来たが同じ所ばかり弄られてもお前もつまらないだろう？　そろそろこちらも試させて貰おうか」

「……ぃッ？　やぁ……ぬ、抜いて……っ!?」

ぬるりと何かが挿《い》れられた。

異物を受け入れた経験の無いそこは、たとえ指一本だとて苦しい。

龍月は馴染ませる様にゆっくり抜き差しを繰り返した。最初は浅く、蜜口付近を撫でる様に優しく。

「ぁ？　あ、ぁ……っ」

「きついな……」

ぴりぴりした痛みを感じたのは最初だけで、次第に脚を擦り合わせたくなる様な感覚に支配されていく。次第に閉じようとする膝の力が抜けていった。

「んぁっ……あ、あ……っ」

ぐちゅぐちゅと耳を塞ぎたくなる淫らな音が聞こえる。それが自分の中から溢れた蜜が奏でる水音だとは信じたくも無い。何とか甘い責め苦から逃れようと身を捻じるが、内壁を摩《さす》る指から与えられる快楽でたちどころに頭が白く染まってしまう。

「まだ固いな……だが、少しずつ解れて来た」

「ひぁ……っ!?」

浅い部分をなぞっていた指が不意に奥を抉り、その瞬間八重の腰が跳ねた。

「此処か」

「やあ……っ!?　あ、ああっ」

ぐりぐりと執拗にそこを突かれれば、何度も脚が宙を蹴る。意思とは無関係に快楽を享受する身体は、心を置き去りにして高まって行った。

「だ、いや……何か……っ、何か来る……！」

「そのまま逝《い》け。淫らに達してみろ」

全てが初めての経験。急激に膨れ上がるものが、何処かへ八重を連れ去ろうと高みへ駆け上がる。与えられる悦楽も羞恥も処理し切れず、幾筋もの涙が頬を伝った。

下肢に差し込まれた指でぐちゃぐちゃ泡立つ程にかき混ぜられ、このまま上下から水分を垂れ流していては、身体が干からびてしまうのではないかと不安になる。

「いくら泣いても無駄だ。お前には俺と同じ地獄を生きて貰う」

蹂躙《じゅうりん》する手は情け容赦無いのに、その声は言葉と裏腹に優しい。何故だか縋《すが》りつかれている様だと八重はぼんやり思う。

しかし真意を糾《ただ》す余裕など有るはずも無い。今は零れる滴を吸い取る唇が、思いの外熱い事を感じるだけで精一杯なのだから。

「指を増やすぞ」

「……はっ、ぁあっ」

押し込まれたもう一本が内部を広げる様に動くのに伴い、淫らな水音も大きくなる。

既に両手は自由になっていたが、最早八重に暴れる気力は残っていなかった。

絡み付き、侵食される――

自分は殆ど何も纏っていないのに、相手の着衣に乱れが無いのは酷く屈辱的だ。そのまま互いの関係性を表している気さえしてしまう。

貪られる者と絶対の捕食者。

「何を考えている？　ちゃんと俺を見ろ」

「ひぁあっ⁉」

隘路をこじ開ける凶器は三本に増やされていた。溢れる愛液を掻き出す様に動かされ、幾つもの火花が弾ける。誤魔化し切れない肉の歓びがそこにはあった。

だが未経験の快楽が怖くて、八重は龍月の腕に縋り付いていた。

「……っ」

「ぁう……っ、も、やめ……っ」

瞬間彼が息を呑んだ気配がしたが、定かでは無い。

「……煽るな、馬鹿が」

「……ひっ⁉」

すっかり力の抜け切った脚を更に押し開かれ、八重は秘めるべき場所全てを龍月に晒す事になった。確認するまでも無く、そこはぐずぐずに溶け切り酷い有様になっているだろう。

「嫌っ嫌ぁ！　こんなの……っ！」

先ほどより更に近い距離に息を呑み、再び目茶苦茶に抵抗した。何処にそんな余力が残っていたのか八重自身にも分からないが、到底受け入れられるものでは無い。

貞淑である事は美徳だと母には教え込まれて来たし、自分でもそれが常識だと思っているのだ。男女の睦《むつ》ごとはもっと秘めやかで厳かなものだと信じ込んでいた。気持ちがまず先に有り、合意の下で互いに慈しみと労わりを持って行なわれるものだと。

　分不相応と知りつつも、乙女らしい夢だって見ていた。いつか愛する誰かに、恥じらいながら全てを捧げる日を。決してこんな、強引に暴かれるものでは無く。

「煩《うるさ》い。慣らさねば辛いのはお前の方だぞ」

「やあぁ……っ、触らないでぇっ……！」

「……っち」

　耐え切れない羞恥に力を振り絞って暴れると、忌々しげに舌打ちした龍月の身体が下にずり下がった。太腿を抑え付ける手に力が篭《こも》る。

「……ぅあッ……嘘……そんな汚……っ」

「指が嫌なんだろう。ならば仕方あるまい」

　ぬめる柔らかな物が不浄の場所を這っている。黒髪が腿を擽り、呼気が触れる度ひくひくと物欲しげに収縮している場所を。

　一番敏感なそこを唇で食まれ舌で転がされれば、視覚から受ける衝撃も相俟って八重の許容値は完全に振り切れた。がくがくと痙攣《けいれん》しながら、無意識の内に龍月に腰を押し付ける様に仰け反る。今までの比ではない快楽が暴力的に襲い掛かって来た。

「ふあっぁ、あ、ぁああッ」

　止めてくれと確かに願っているのに、もっとと強請《ねだ》る身体へ失望感が募る。死にたいという思いにまた囚われそうになったが暗い思考へ傾きかけた頭は、じゅ、と蕾を吸い上げられた瞬間真っ白に弾けた。

「っ、ぁあーッ!!」

胎内の奥に溜まった熱は解放を求めて怪しく疼く。更なる蜜がどっと溢れ出し、それを丁寧に舐め取る龍月の鼻が敏感な場所を掠める度、淫らな声が漏れてしまった。

「そんなに気持ち良かったか？　ちゃんと逝けたじゃないか」

「……はぁ、ん、ぁ……」

虚ろに見開いた八重の瞳は何も映しておらず、開きっ放しになっていた口の端からは唾液が零れ、汗や涙も垂れ流しの顔はぐちゃぐちゃに濡れていた。

「恨めば良い。憎んで汚れて……この暗闇まで堕《お》ちて来い」

満足げにそれを見下ろした龍月は愉悦に唇を歪め、八重の頬を撫でた声には甘ささえ含まれていた。しかしそれに気付く余裕は最早無い。

知らぬ者が見れば恋人同士のような口づけを交わし、僅かに身体が離れた事に安堵した。

――やっと……終わり？

知識は有っても経験がまるで無い八重には此処まででも充分衝撃的で、そんな甘い期待を抱いてしまう。四肢を投げ出したままの八重は、龍月が臍《へそ》の下辺りへ唇を落としたのも軽く腰を持ち上げられたのも認識していたが、指一本動かすのさえ億劫で完全に無抵抗だった。

だが指とは比べ物にならない質量を蜜口に感じ、快楽の余韻に揺蕩《たゆた》っていた意識は僅か

に戻った。

「……ぁ、ふ……？」

「これで、お前は完全に俺のものになる」

「ぃッ……嫌ああっ!?」

囁かれた言葉を理解する前に、ぎちぎちと狭い肉道をこじ開けながら凶器が体内に侵入して来る。あまりの激痛に声の限り叫んだ八重の両眼から再び涙が流れ落ちた。

「……っ、さすがに狭いな……もっと力を抜け」

「い、痛い……っ、止め……抜いてぇっ……！」

「すぐに慣れる。いずれ自分から強請るようになるさ」

両脚を抱えられ体全体で押さえ込まれれば、逃げる術など有りはしない。無防備に開かれたそこへ受け入れる他に道は無く、八重は龍月の腕に爪を立て泣き叫んだ。

「痛いの！　壊れちゃ……、お願い助けてっ……！」

なりふりかまわず八重は懇願した。小さな誇りなどどうでもいい。それ程耐え難い痛みが身体の中心を割き、脈打つのが分かる。

「っ……」

龍月も苦しげに眉を顰めるのを見て、ひょっとして苦しいのは自分だけではないのかと思った。しかし、ならば無理にする必要もないのにと恨めしく睨む。

数度息を吐き出し呼吸を整える男は、皮肉な程艶めかしかった。そんな風に感じてしまう己が忌まわしい。滲んだ脂汗が目に染み、八重は固く目を閉じた。

「……おい、こっちを向け」

「うぁ……？」

必死に敷布を摑んで恐怖をやり過ごそうとしたが叶わず、さ迷い出した手が辿り着いた先は逞しい男の背中だった。

先程まで感じていた悦楽など霧散してしまい、何かに縋らねば耐えられそうもない。

それがたとえ、この苦痛を与える張本人のものだとしても。

「……ふぅっ」

先程とは違う甘やかな口付けで口内に直接施される愛撫は、八重の快楽を引き出そうと擽る様に舌をなぞる。

同時に一番強い反応を示した陰核を優しく指で擦られた。円を描く様に弄ったかと思えば、押し潰す様に親指と人差し指で摘まれ、弾かれる。

予測出来ない動きで八重の中は再び潤み、柔らかく龍月を締め付け始めた。

「……ぁ、あんッ……」

「まだ中で感じるのは難しそうだが、こちらは随分気に入ったようだな？」

「ち、違……そんなんじゃ……」

だが僅かながら痛みが和らいだのは事実だ。それどころか別の切なさが湧き上がって来る。先刻八重を翻弄したあの感覚が。

八重の強張りが解けた瞬間を見計らい、龍月は腰を進めた。その間も乳房や蕾を刺激するのを忘れない。

「……っひ、んッ……!?」

「……は……全部入ったぞ」

ぶつ、とこれまでに無い感覚と共に二人の距離は零《ぜろ》になった。

自分の身体に他人が入り込んでいる。腰と腰がぴたりと重なり、これ程他者と密着した事などある訳もない。嘘だ夢だと現実逃避しても、じくじくと痛む脚の付け根と内部がそれを許さなかった。

「嫌……嘘……うそ……」

――陵辱された。こんな理由も何も分からぬ内に、見知らぬ男に。

「どぉして……っ」

「定められたことだからだ。……くっ……動くぞ」

「……っが、ぁ、痛いっ……やぁッ動かないで!!」

引き抜かれれば傷付いた内側が悲鳴を上げ、押し込まれれば圧迫される内臓が苦しい。

室内は互いの荒い息と八重の悲鳴、粘度の有る水音だけで埋まって行く。

がくがく揺れる身体はずっと以前に見たカラクリ人形のように不自然な動きだと思った。

涙を散らせ切れ切れに喘ぎながら、何処か他人事なのは八重の精神が限界に近いからだ。

誰か助けてと手を伸ばしても無駄だと知っていて尚、願わずにはいられない。

激しく揺さぶられ、龍月の背中で自身の爪先がだらしなく踊っている。浅ましい身体は必死に苦痛の先に有る快楽を拾おうとしていた。

「ア…っ、あうっ、あん、あ、」

「早いな、もう慣れ始めたか？　……そうだ、どうせなら楽しめ」

そんなのは無理だ。これは私が望んだ事では無いのだから。

もう許して欲しい。どうかお願い。早く終わって。

願いも虚しく、龍月のものが体内で更に大きさと硬度を増すのが生々しく分かった。それにより擦られる場所が変わり新たな痺れが生み出される。

彼の形へと変えられようとしている。夢や未来が黒く塗り潰されて行く。

「はっ……ぁ、あんッ」

「もっと……鳴け」

――泣け？　これ以上私を貶《おとし》めたいのか。なんて酷い人なんだろう。一瞬でも目を奪われた自分が悔しい。

何度も何度も腰を叩きつけられる内、八重の世界は暗く染まって行く。

肉と肉がぶつかり合う淫らな音が耳を犯し、穿たれる度に出したくも無い声が漏れた。

「……く、出すぞ」

「!?　嫌……それは、お願いしますっ許して……っ!!」

はなから彼の目的がそれだと分かってはいたが、実際突き付けられると新たな絶望が湧き上がった。子供が出来てしまうかもしれない。愛してもいない、愛されてもいない男との間に。そんなもの恐怖以外の何物でも無い。

龍月が身体を倒しきつく八重を抱き締めたせいで繋がりは深くなり、最も深くまで彼自身が入り込む。直接子宮を押し上げられた八重は声にならない叫びを迸《ほとばし》らせた。

「受け止めろ……っ」

「……ひっ、ゃぁあああっ！」

生まれて初めて感じる体内に吐き出される熱は、濁流となって広がって行った。八重を喰らい、侵食する為に。全てを支配せんとして。

意識を手放す瞬間、ふと目に入った手首の石は青味を孕んだ黒へと変わっていた。

まるで龍月の色だ――その思考を最後に八重は泥の中へ沈んでいった。

後始末を終え龍月が部屋を出ると、控えていた秋彦《あきひこ》が立ち上がった。

「お疲れ様ぁ。八重ちゃん可愛くて良かったね。言っちゃなんだけど、正直好みじゃないと辛いよなぁ」

役目だからと分かっていても、唯一の友人であり、部下でもある男に一部始終聞かれていたのかと思うと、良い気分はしない。悲壮感の一切無い秋彦の軽い喋りが救いではある。

「しっかし、お前鬼畜。初めての子に酷くない？　まさかあそこまでするとと思わなかったわ。八重ちゃん可哀想じゃない。嫌われたらどうすんの？」

「俺が自分のものをどう扱おうと勝手だ。お前に関係無い。……それと、その呼び方止めろ」

「へぇ……？　何、もう独占欲？　自分のものとか言っちゃってるし。そんなに良かった？」

　からかいを滲ませ、心底楽しそうに秋彦は龍月の顔を覗き込んだ。

　同じ年であるが、くるくる変わる無邪気な表情のせいで秋彦はいつも年齢より若く見られている。生まれつき色素が薄い為、瞳も髪も龍月とは対照的に明るい焦げ茶だ。

　およそ共通点の見つからない二人だが不思議と気は合い、主従の枠を超えて互いを認め合っている。息苦しいばかりのこの世で、ただ一人気を許せる相手。狂ったこの家で、本心を明かせるのは龍月にとって秋彦だけだった。

「下種《げす》な事を言うな。下らない。あれはただ俺の種を残し、この家に尽くす為だけに存在する器だ。意思など何の意味も無いし、必要無い。ならば余計な手間は省いて目的を達成するのが正解だろう」

「ふぅん？　それだけには見えないけどなぁ。ま、良いや。何はともあれ選定の儀及び契りの儀、滞り無く終えられお疲れ様でした。この度は心よりお慶《よろこ》び申し上げます。おめでとうございます」

　深々と頭を下げ秋彦は笑った。慇懃無礼な余所行きの態度が殊更癇に障る。その笑顔を一瞥し、龍月は背を向けた。

今夜ばかりは秋彦の軽口に付き合う気分になれない。向こうも分かっているのか、それ以上絡んでは来なかった。自室へ戻る途中やっと独《ひと》りになり、無意識の内に溜め息を吐く。

胸中にわだかまるこの感情は何なのか。

苛立ちをぶつける様に八重を抱き潰し、身体は満足している。精を放った後、引き抜いた場所から溢れた赤の混じる白濁に愉悦も感じた。今まで押し付けられて来た全てを叩き返してやっている気分は悪くなく、強い興奮をもたらしもした。

にも拘らず不愉快な澱《おり》が晴れることは無い。

むしろ八重の泣き顔がチラついて面白く無い。それこそ自分が見たいと思っていたものの一つのはずなのに。

ひやりとした床を裸足で踏み締めながら、龍月は月を見上げた。冴え冴えとした光が玻《は》璃《り》を通して射し込んでる。

丸く大きなそれは夜の主だ。誰もその下からは逃れられない。勿論、龍月だとて。

魅入られている内に思い出すのは幼い頃。水中から見上げた月は今と同じ様に冷たい表情で龍月を見下ろしていた。酸素を求めてもがき苦しむ様を、何の感慨もなく見ていたあの女と同じ様に。

苦しくて苦しくて痺れる手足を必死に動かし水面を目指したのは、それ程遠い昔の話では無い。現に軽く記憶に触れただけで指先は冷たくなり震えていた。克服したと思っていても、油断すればすぐこれだ。

だから龍月は月が嫌いだ。

自分の名前に使われているのも厭わしくて堪らない。それこそが呪いなのかという程に。

特にこんな満月の夜は不安定にざわめいて仕方ない。

それは機会さえ有れば、いつでも龍月を苛もうと舌舐めずりをしているのだから。

「……く……っ」

誰にも見られていない事を確認しつつ、龍月は大きく息を吸い込んだ。そうしなければ溺れてしまう。未だ自分はあの池の中に居るのではないか、ひょっとして既に死んでいるのではないかと有り得ぬ妄想に取り憑《つ》かれ、何度も深呼吸を繰り返す。

そんな弱味は誰にも見せられない。秋彦にだとて知られたくは無い。

歴代の当主の中でも飛び抜けて力を持つ自分。それだけが己を支える礎《いしずえ》だ。そして我が身を護る唯一の刃《やいば》。

発作が起きた時にはいつも、ひと気の無い場所に逃げ込みやり過ごして来た。今夜はどうしてか油断してしまったらしい。普段ならば例え月を見上げても、ここまで乱される事はこの数年無かったのに。

荒くなる息を潜め、額に浮かんだ汗を拭った時——腕に痛みを感じた。

それは先程八重に付けられた爪痕。

破瓜《はか》の苦痛を誤魔化す為、龍月にしがみついた結果だ。

赤くみみず腫れになったその傷跡が龍月を正気に返した。どれだけ根深く記憶に刻まれたものだとしても過去は所詮過去でしかなく、今現在には何ら手出しは出来ない。もう無力だったあの頃の自分では無い。何の力も持たぬ子供とは違う。

──俺は確かに生きている。

「……はっ……」

これまでならば整うまで時間を要していたものが、途端に楽になった。息の仕方を忘れてしまった様に無様に喘いでいた喉は穏やかに呼吸を促し、暴れ狂っていた心臓は何事も無かった様に規則正しく動いている。

数日の内に消えてしまうだろう小さな傷。それが龍月を此方側へ引き留めた。

「……どうして……」

理由など知らない。

探れば都合の悪い事実が浮かぶ予感がして、龍月は考えるのを放棄した。

代わりに浮かんだのは自分を正面から見据えた八重の瞳だ。

一族の男でさえ自分を恐れ眼を合わさぬ輩もいるのに、あの女は怯えながらも視線を外さなかった。黒曜石《こくようせき》の様な瞳でじっと睨み返して来た。

思い出すだけでぞくぞくと背筋が震える。従順そうな容姿とは裏腹に存外気が強いのだろう。だが愚かでは無い。必死にこちらを観察し打開策を探ろうとしていた。冷静な忍耐力もある。

初心な癖に快楽に素直な所も面白い。またその事に戸惑い傷付く様も。

――真実を知ったら、あの眼は絶望に染まるだろうか。耐え切れず、狂気に堕ちたらどう変わり果てるのか。

可能性としてのし掛かる残酷な未来。

それを突き付けられた時、八重はどう壊れてくれるだろう。

その時を想像すると、もうとうに死んだと思っていた場所が熱くなった。

これは復讐なのかもしれない。この下らない世界に自分を閉じ込めた何かに対する。ならば原因を作った人間に不満の全てをぶつけたいが、その相手は最早誰もいない。

残るのは何も知らないと役目を放棄した女が一人。

だから唯一の張本人である八重を傷付け屈服させたくなる。

――なのに、同時に知られたくないと願うのは何故なのだろう？

壊れる様を想像し胸躍る己と、このまま醜悪な闇など見せたくないと思う自分はあまりにかけ離れている。

しかし確かにどちらも龍月自身から生まれる想いだった。

三　九鬼

（痛い……）

身体中、特に引き裂かれた場所が未だ異物感を訴えている。月のものの痛みに似ているが、残念ながら違う事はよく分かっていた。

八重は横たわったまま虚ろに目を開き、呼吸する人形となっている。

既に涙は枯れ果て、泣き過ぎたせいか頭も痛い。瞳の奥は重く圧迫感を訴えている。

視界の隅には冷め切った昼食が置かれていた。あの老婆が随分前に持って来たものだ。

その際手をつけていない朝食に眉を顰めたが、特に何も言わず淡々と片し、代わりに豪勢な昼食を置いて出て行ったという訳だ。

だが、食欲など八重に有るはずも無い。むしろ吐き出したいものでいっぱいだというのに、どうやって食べろと言うのか。

布団を被ったまま反応を示さない八重に、老婆は去り際「お好きなものが有れば、夕餉《ゆうげ》に御用意させます」とだけ告げたが、答えるつもりの無い八重は背中を向け、眠った振りをし続けた。

正直どうでも良い。

誰が何を持って来ても結果は同じだし、悠長に食べる事など出来やしない。匂いさえ、気分が悪くなる。ましてめでたい事でも有ったかの様に赤飯や尾頭付きとは、いったい何の皮肉なのか。

少しでも楽な姿勢を取ろうと身じろいだ時、足の付け根から何かがどろりと流れ落ちた。

「……っひ……」

目覚めて直ぐ、昨夜あれ程汚したはずの布団は真新しいものに交換されており、自身の身体もすっかり清められているのには気付いていた。だから全て悪夢だったと万に一つの希望に縋っていたが、あえなく砕け散ったと知る。

「い、や……」

確かめるまでもなくそれは龍月が放った欲望の残滓《ざんし》だ。八重の子宮が飲み下し切れなかったものが腿を伝い落ちて行く。

腕輪を嵌められた腕が重い。象徴の様なそれを今見る勇気は無く、逆の手首へ視線を移せば、押さえ込まれた場所が痣になっていた。

それだけでは無い。見える部分、脚や腕だけでも無数の痕跡が刻まれていた。龍月の唇が触れた場所に咲く赤い花。淫らな所有印。消してしまいたくて強く擦ったが、肌を傷付け血が滲んだだけだ。

「お母さん……っ」

母の葬儀の後、頼りない自分を恥じたばかりだというのに、まだ縋り付こうとしている己が情けない。けれど他に思い浮かべられる相手も無く、結局同じ場所に辿り着いてしまう。

(お願い。嘘だと言って……)

願いも虚しく、軋《きし》む身体と残された跡が残酷な現実を突き付けて来る。

何がどうしてこんな事になったのだろう。何度思い返しても分からない。何処で間違えたのか。何の選択に失敗したのか。相手の目的も不明。

連れ去られる際、名前を確認されたのだから、人違いはあり得ない。でも苗字が違っていた。ならば、誤解を解けば自由にして貰える？　これより悪い状況になる可能性は？

恐怖と不安がごちゃ混ぜになって気力を奪われてしまい、何一つ行動を起こせなかった。

逃げねば、とは理解している。

しかし嬲《なぶ》られ尽くした身体に体力など残ってはおらず、そこかしこが鈍痛を訴える今の状態では到底逃げ切れると思えなかった。何より心が折れてしまっている。

陵辱された事実は、八重の中で母の死に次ぐ受け止め切れない出来事だった。

(もう嫌……いっそ……)

こんな目にあってまで、どうして生き抜かねばならないのか。最早まともな結婚も望めない。きっと母も許してくれる。同じ所へ行ったとしても。そう思うとまるでそれこそが正しい選択の様な心地がしてきた。どうして早くこの結論に至らなかったのかという気さえする。現実逃避だと分かっていても、楽なほうへと天秤は傾いていく。

「なーぅ」

暗闇に捕われた八重の思考を打ち破る平和的な声は、外から聞こえて来た。

「なー、なーぅ」

無視しようとしても、甘えた響きで誘う様に鳴いている。恐る恐る障子を開くと、明るい陽射しの下に斑模様《まだら》の仔猫がちょこりと座っていた。

「んなぅ?」

小首を傾げる様は問答無用に可愛らしく、拍子抜けした八重は思わず手を伸ばしていた。

「……おいで?」

怖がらせないよう、極力優しい声を出し手招きする。

髭をぴくぴく揺らした仔猫は丸い目を更に見開き、鼻をうごめかせながら近寄って来た上、警戒心が薄いのか額を自分からなすり付け、撫でろと要求して来る。

「可愛い……」

温かく小さな毛玉は桃色の舌で八重の指先を熱心に舐めた。まるで母猫に甘える様に。

「ん、擽《くすぐ》ったいよ」

ざらついた猫の舌は少し痛い。でも愛らしさが先立って手を引っ込めようとは思わなかった。首の下を掻いてやれば、素直に顎を上げ尻尾を揺らす。

「ふふ、お前迷子なの?」

それとも誰か飼っているのか。人に慣れた様子は野良ではないだろう。

僅かに慰められ、ぐるぐる喉を鳴らす仔猫を両手で撫で回した。すると御機嫌な様子でひっくり返り、うっとり目を細め無防備に腹を晒す仕草が堪らない。

お日様の匂いがする仔猫は、確かに八重を癒してくれた。暗闇に囚われた思考はいつのまにか多少の安定を取り戻し、命の重さを思い出させた。

「ミケ？　ミケ、何処に行ったの？」

小さいながら、何かを探す心配そうな声が耳に届いた。何気無く眼前の仔猫を見れば、斑模様の三毛猫だ。

「貴方の飼い主かしら？」

この屋敷内で飼われているとは思わなかった。何と言うか、気配がしないから。

此処では愛玩動物の居る温かみの様な雰囲気が一切無い。それどころか人の生活感さえ酷く希薄だ。在るのは陰鬱な闇。それがまるで主かの様に中心に居座っている気がしてならない。

「あの……」

「え？　あっ、や、八重様!?」

庭の木々の向こうに垣間見えた女中服に身を包んだ少女に呼び掛けた。本当ならば庭に降り傍まで行きたかったが、生憎と履物が無い。裸足《はだし》のまま地面を歩くのは流石に躊躇われる。

キョロキョロしながら「ミケ」と繰り返し呼んでいたので、この子が飼い主だろうと予測を付けたのだが、違っていただろうか。

「様、だなんて……」

ただの小娘に過ぎぬ自分に何を言っているのだ。だが今にも土下座しかねない勢いに言葉は削がれる。

「あの、探しているのはこの仔？」

隙間から仔猫をかかげると、青褪《ざ》めていた少女の顔が見る間に輝いた。

「ミケ！　そ、そうです！　ありがとうございます、八重様！　まさかこんな奥にまで入り込んでしまうなんて思いも寄らず……申し訳ありませんでした！」

今度こそ平伏した少女は地面に額を擦り付けた。

八重の動揺を他所に、仔猫は「にゃあ」と気軽に鳴いて丸まっている。

「そんな事しないで！」

「此処には近寄らないよう厳命を受けていたのに、もう他は全て探し尽くしてしまって……こ、この仔は雨の中捨てられていたのを思わず連れ帰り、餌をやったら居着いてしまったのです。今更見捨てる事も出来なくて、こっそり飼っていたのですが……二度と致しません、ミケも決して逃がしませんから、どうぞお許しを……‼」

がたがた震えながらの謝罪をする彼女の様子は尋常ではなかった。それに聞き捨てならない言葉を聞いた気がする。

「あの……近寄るなってどういう事?」

その時、抱かれる事に飽きたのか八重の腕の中で大人しくしていた仔猫がスルリと抜け出した。人には到底無理だが仔猫には容易く抜けられる生け垣の隙間を通り、少女の側へと行ってしまう。

「ミケ!」

這いつくばる主を気にしたのか、鼻先で頬を擦り、地べたについた手にじゃれ始めた。

急に消えた重みと熱が寂しい。とても残念な心地がし、名残惜しく目で追った。

「ぴょ、病気の父が居るのです。私が働かねば、家族皆飢えて死んでしまいます……! 此処で働けなくなれば、身を売るか首を括るより他ありません。本当に申し訳ございませんでした! どうか、どうか龍月様には御内密に……!!」

恐れられているのは、あの人? それもこんなに怯える程?

確かめようとしたが、仔猫を抱き上げた少女は脱兎の如く駆け出してしまった。

追う術の無い八重は見送るより他なく、呆然とその後姿を見ていた。


「間も無く龍月様がいらっしゃいます」

夜の帳《とばり》が降り切った頃、老婆が八重に告げたのは死刑宣告にも等しい。前夜と同じ様に強引に風呂へ入れられた時から嫌な予感はしていたが、無理矢理気付かぬ振りをしていた。

しかしいざ突きつけられれば、身体の芯から震えが走る。

「昨日だけじゃないの……」

「何を仰います。誉れ高きお役目に選ばれ、これからではありませんか」

「誉れって……そんな……」

用意された酒肴と寝具が妙に非現実的で、夢の中を漂っている心地がした。めでたい紅白に彩られているのも、悪夢としか思えない。

「では、私はこれで失礼致します。どうぞ立派にお役目を果たされませ」

「ま、待ってください！」

独りにしないでと叫びかかったが、それは昨夜を再現する寒気に遮られた。

「食事をとらなかったらしいな」

ゆったり腕を組んだ、見た目だけは麗しい鬼が八重を見下ろしている。老婆と入れ違いに入って来たのは、当然ながら龍月だった。

「……っ」

「まさか抗議のつもりじゃ有るまいな。無駄な事は止めておけ。痩せ衰えた身体など抱き心地も悪いわ。ただでさえお前は細過ぎる」

「な…っ、こ、これ以上貴方の好きにされる気は有りません！　もう二度とあんな……」

じわりと涙が浮かび、身体の震えが止まらない。弱々しい面など見せたくないのに、後ずさるのをやめられなかった。

「……ふん。それはそうと、昼間侵入者が有ったというのは本当か」

八重から少し距離を置き座り込んだ龍月は、用意されていた酒を手酌で飲んだ。一息に器を干すと、放り投げる様に卓へ戻す。

「……猫が迷い込んだだけです。大袈裟だわ」

どうして知っているのと口元まで出掛かったのを耐え、横を向いた。あの冷たい瞳に覗き込まれては嘘をつき通せない気がする。

昼間怯え切っていた少女について語るつもりは毛頭無い。

「猫だけ？　安い嘘をつくな。俺が何も知らないとでも思っているのか」

「知りません。それより家に帰してください」

八重の必死の虚勢を鼻で嗤い、一層深さを増した瞳が獲物を定め暗く光る。

「強情な。……まぁ良い。問題の女中は即刻首にする。それから仔猫とやらも処分させよう」

「……なっ!?　たったあれだけの事で、そんな……！」

「当主の命に従えぬ使用人など要らない」

あの娘は自分が働かねば、家族皆が生きられないと涙ながらに語っていた。その為必死に働いているのだろう。手はあかぎれと豆だらけだったのを思い出す。

絶対に首になどさせられない。

「馬鹿な事言わないでください！　首にする程の事じゃないでしょう!?　それに命を何だ

と思っているの!?　簡単に処分だなんて言わないで……!!」

「馬鹿はお前だ。もしその女中が悪意を持った人間だったらどうする？　お前を殺そうと忍び込み、おびき寄せる為に猫を小道具として使ったとしたら？　それどころか猫の爪には毒物が仕込んであったかもしれない。そうすれば警戒心の無いお前が引っ掻かれ死に至るのを待つだけで良い」

　言葉も無い、とはこの事だ。これまで触れたことのない考え方と言葉に困惑し、絶句した。

　殺す？　毒？　およそ現実感が無くて、冗談にしても質が悪い。

「お前が庇いだてしたところで無意味だ。結果は変わらない。罰が厳しい程、愚者は従うのだから」

「ふざけないでください！　あの子には養わなきゃならない家族が居るの！　それに命は、人も動物も平等の価値であるべきだわ。軽々しく怖い言葉を口にしないでください！」

　この人の中では生も死も酷く軽い。だから簡単に処分などという発想が出るに違いない。

　何としても止めなければ、あの少女もミケと呼ばれた仔猫も――

「そんなに言うなら、お前が命乞いをしてみるか？　その身体を使い強請《ねだ》ってみるが良いさ。せいぜい淫らに俺を誘ってみろ。ひょっとしたら気が変わるかもしれないぞ？」

　龍月の薄い唇が弧を描く。残忍で残酷な美貌の獣。

　冷えた気配と裏腹に瞳の奥には煮えたぎる憎しみが見え隠れしている。

「誘う……？」

自分を陵辱した憎い男を？　もう二度と味わいたく無い苦痛と恥辱を自ら味わえと？

「そんな事……っ」

「無理だろうな。赤の他人や畜生《ちくしょう》の為に我が身を犠牲にする馬鹿は居まい。だからこの話は終わりだ」

うっとうしそうに手を振り、徳利《とっくり》から注いだ最後の一滴を飲み干す。上下に動く喉仏を見ながら、八重は屈辱感でいっぱいになり奥歯を噛み締めた。

(相手にされていない。どうせ何も出来やしないと見下されているんだわ)

冷静に考えれば、取引にもならない提案だ。元より龍月が八重を抱くつもりなら逃げ道など無いし、あの女中と仔猫に関しても口約束の域を出ない。後でどうとでもなる上、決定権は彼が握っているのだ。

つまり、龍月は八重に自ら進んで身体を開けと言っている。それも酷く嗜虐を滲ませて。猫が捕らえた獲物を戯れにいたぶるのと同じだ。何度も深呼吸を繰り返す八重を斜めに見下ろし、龍月が唇を歪めた。そこには馬鹿にした色しか無い。

「……分かりました」

決意を固め、しゅ、と衣擦れを響かせ八重は腰紐を解いた。気紛れな温情に縋るより他無いのが、情けなくてもどかしくて泣きたくなる。もたもたして自身の躊躇いや怯えを悟られたく無いから、いっそ勢い良くかなぐり捨てた。

皮肉なまでに白い襦袢を肩から落とし、生まれたままの姿を晒した。恥ずかしくて気がおかしくなりそうでも、絶対に龍月から目を逸らすまいと決める。せめてもの抵抗と誇り。受ける行為が同じであるなら、今自分に出来る最善を尽くしたいと思う。彼が約束を守る保証は無くとも、それを理由に彼女達を見捨てたくなかった。

予想外だったのは龍月が驚きに目を瞠《みは》っている事だ。この男のそんな表情は初めて見た。少しだけ溜飲が下がる。

「……偽善だな」

「何もしない善人より、行動する偽善者の方が良いです」

きっぱり言い切れば、彼の瞳が僅かに揺れた。一瞬だけ、人間らしい一面を垣間見た気がする。だがそんな戸惑いは直ぐ打ち消され、再び重たい闇が戻って来た。

「面白い。では此処に跪《ひざまず》け」

服従を誓わせる様に全裸のまま膝をつく事を命じる男が憎い。それを糧にして、八重は羞恥を追いやった。

(負けない)

こんな人で無しに奪われたりしない。身体は汚されても、心まで踏みにじられるものか。

一番柔らかな魂に何重も鍵を掛け、八重は龍月の肩に手を回した。

「どうせ身体を張るなら、自分の事を願ったらどうだ？　他にいくらでも望みは有るだろう？　物好きだな」

「……確かに沢山あります。解放して欲しいし……母の遺骨もどうなったのか教えて欲しい」

「ではそれを優先すれば良い。人間など、結局自分が一番なのだから。叶えてやるとは限らないがな」

暗い瞳が嘲りを露わに細められた。

「……そうかもしれません。でも私は、今彼女達を見捨てたら後悔するし……どれ程大切でも、死者より生者を優先するべきだと思います」

馬鹿な女だと傷付けられるかと思った。覚悟してその痛みに備えたが、いつまで経ってもそれは訪れない。

「……？」

「お前は……」

逸らされた顔には複雑な表情が浮かんでいた。しかしそれは一瞬の事で、直ぐに再び不機嫌なものに取って代わる。

「好きにするが良いさ。所詮《しょせん》自己満足に過ぎない」

そうかもしれない。結局無駄な行為なのかもと龍月の態度から察するが、今出来るのはこれしか無い。

八重は決意して自ら口づけた。

八重が目覚めたのは、正午を回った頃だった。

このところずっとそんな日が続いている。連日連夜明け方近くまで貪られ、朝日と共に目覚める事が出来ないのだ。この屋敷に囚われてからいったい何日過ぎたのか。日にちの感覚は既に無く、その間執拗に陵辱は繰り返され八重の身体には消える暇も無い痕が無数に残されている。

どれだけ嫌だと抗っても龍月は全く意に介さず、強引に全てを奪い去って行く。死ぬ思いで従ったにも拘らず、結局あの少女と仔猫に関してはどうなったか分からず終いでそれも歯痒い。

されるがままになるものかと幾度となく脱走を試みたが、悉《ことごと》く失敗に終わった。八重が少しでも廊下に出ると、何処からともなく人が現れるのだ。それは大抵あの老婆——千代《ちよ》であったが、違う時もある。だが誰であっても一定の距離を保ちつつ、こちらを監視している。

八重に与えられた部屋は見事な庭に面してはいたが、よくよく見れば高い塀に囲まれていた。配置された立派な木々や石で誤魔化されてはいても、無粋《ぶすい》な牢であるのは隠しようも無い。

その中で、龍月の訪れに怯えるだけの毎日。

相変わらず彼の真意は分からず、会話も碌《ろく》に無いまま獣の様に身体を重ねている。

昨夜の自分の痴態を思い出して、八重は死にたくなる程の羞恥を覚えた。

動物さながらの四つん這いの姿勢を要求され、後ろから延々と責め立てられ我を忘れた。向かい合う態勢より深く入ってしまうその体位は八重にはまだ苦しい。だが執拗に奥を突かれる内に訳が分からなくなり、何度も甘い声で鳴き龍月を締め付けてしまった。

幾度も吐かれる白濁に汚れ、腕の力が抜けたせいで尻だけを高く掲げた淫らな様は、想像もしたくない程ケダモノじみていただろう。事実、龍月には己の淫猥さを言葉で嬲られた。

「嫌だという割には此処は締め付けて俺を離さない。ほら分かるか？　こうやって動かす度……きゅうきゅうにきつく絡みつくのが」

低い声が耳朶を擽り、首筋に噛みつかれる度体内に有る形がはっきり分かる程反応してしまった。蔑む声が吐息と共に耳を犯し、堪らない悦を生んだ。

中身を無くした拒絶の言葉は、逆に媚を売っているのも同然だった。腰を揺らして滴る程に蜜を垂らし、呼吸もままならない程に喘ぎを上げ続けては、どんな説得力が有ると言うのか。

――こんな自堕落過ぎる生活を送っていては、お母さんに顔向けも出来ないわ。

置き去りにしてしまった母の遺骨はあの後どうなってしまったのか。まさか捨てられる様な事は無いと思うが、行き場を無くしているに違い無く、ずっと気にかかっていた。

昨夜も龍月に問い掛けたが、無視されただけで、明確な回答など望めない。慎ましい生活を送って来たから墓所など用意してはおらず、埋葬の時間さえないまま此処に連れ去られてしまった。

住んでいた部屋は来月まで支払いは済んでいたはずだ。ならばそのまま残されていると信じたい。そして誰か消えた八重を探してくれているだろうか。

勤めていた紡績工場の関係者ならばあるいは……いや、必要以上に他人と親しくなることをしなかった母に従い、殆ど他者と接点を持って来なかった自分では期待出来ない。万が一奇特な人が居たとしても、相手がこの九鬼家では。

このひと月足らずでも、八重は嫌という程この家の特殊さを見せ付けられていた。

世事に疎い彼女は知らなかったが、九鬼家は政界・財界あらゆる方面に根を張る一族だった。およそ権力と名の付く場所で、九鬼の名を聞かぬ日は無い。軍関係者は勿論政治家や、高名な学者が引っ切り無しに此処を訪れている。

屋敷の奥深く軟禁される八重が直接相対する様な事は一度も無かったが、そんな著名人が列を成して龍月との面会を望むのだ。

九鬼家自体も様々な事業を興しており、莫大な利益を得ている。それはこの屋敷や八重に与えられる服や、食事にも現れている。それらを利用すれば、人ひとり消してしまうなど造作もない事だろう。それが拉致監禁の末の強姦だとしても。簡単に『無かった事』にしてしまえる力を持っている。

外部からの助けは期待出来ない。危険を冒してまで八重を救ってやろうなどと考えてくれる深い繋がりも無いのだから。

そんなある意味恐ろしい一族を纏め上げるのが、自分を陵辱し続けるあの男。しかし、龍月自身がどの様な仕事をしているのかは未ださっぱり分からない。あまり外に出る事は無いらしく、基本的に屋敷で指示を出しているようだ。

恐怖を抑えて彼に聞いてみたことはあったが、のらりくらりと躱され、気が付けば翻弄されてしまっている。悔しいが毎夜行為に飲まれ意識を失ってしまう。しかも最近それが苦痛ばかりではなくなって来ている。むしろ気持ちが良いとさえ感じ、夜が来れば期待に潤んでしまう自分が信じられない。

いっそ痛みしかなければ、完全な被害者で居られたものを。己の淫乱さが恨めしい。考えれば考える程行き止まりにぶち当たり、八重は気怠い身体を起こした。

龍月以外ほぼ会わないとしても、寝巻きのままでいるなんて嫌だった。昼夜逆転したかの様な生活を送っている分、せめてそこだけでもちゃんとしておきたい。用意された中から一番地味な着物を身に付けたが、流石に髪を結う気力は湧かず、八重は壁に寄り掛かって座り手首に巻かれた珠を見詰めていた。

龍月の色に染まったかの様なそれは、外そうにも隙間無く密着していて取っ掛かりが見つからない。巻き付ける際には充分な余裕が有ったはずなのに、今は繋ぎ目さえ分からないのが不思議だった。まるで罪人の証だ。質量はさほどないのに、腕を上げるのさえ億劫な重さを感じる。

酷く惨めで救いが見当たらない。

「あ、起きてる。良かった、やっとまともに話せるね」

「!?」

ひょこりと顔を覗かせたのは、最初の日龍月に付き従っていた男だった。

日本人らしからぬ赤茶けた髪に仔犬の様な瞳、人懐こい笑顔。

「一応初めまして、かな？　俺は九鬼秋彦。龍月の付き人みたいなもんです。本当はもっと早く御挨拶したかったんだけど、あいつが中々許してくれなくてさ。誰も近付けようとしやがらないの。お陰で爺《じじ》い共は早く御披露目しろと大騒ぎだよ。調整する方の身にもなって欲しいな。腹立ったのと痺れ切らしたので勝手に会いに来ちゃった。あ、龍月には内緒で頼むね？　あいつ意外に嫉妬深いからさぁ、知られたら俺殺されちゃうかも。ところで、入っても良い？」

何処までが本気なのか計り知れない口調で一気にまくし立て、忙しなく表情を変える。ずっと龍月の仏頂面しか見ていなかった側としては、新鮮過ぎて自然と顔が緩んでしまった。

「どうぞ。私は鈴木八重です」

「勿論知ってるよ。龍月の影の花嫁だからね」

「影の……花嫁？」

またその言葉だ。八重を犯しながら、龍月も口にしていた。

「あいつから何も説明されてないの？」

「……」

答えようが無く押し黙ればそれが回答と受け取ったのか、秋彦は首を傾げた。

「どういうつもりなんだか……さっぱり分からないな。ま、あいつが秘密主義なのはいつもの事だけど。それに無口でしょ。ああいうの、むっつり助平って言うと思わない？」

「……ふふっ」

いつ以来か八重は笑っていた。母が倒れてからは、他人との会話で笑った事など初めてかもしれない。

人間らしい遣り取りが壊れかけていた八重らしさを呼び戻し、頬が緩む。

「あ、その方が可愛いよ。悲壮感漂わせても、残念ながら逃がしてあげられないしね。ごめんね」

「……」

やはり彼も龍月側の人間だと解けかけた気を引き締めたが、話好きそうな秋彦ならば自分に詳しい説明をしてくれるかもしれない。そう思い直し、改めて彼を観察した。

軽薄を装っているが、その目は抜け目無く八重を探っている様に見える。立ち居振る舞いに隙も無い。彼の言葉が真実なら、龍月の目を盗み八重に会いに来た事になる。ある程度自由に動け、信頼を得ているとみて間違いないのではないだろうか。

信用するのは博打《ばくち》だ。だが八重は真実に飢えていた。

「……教えてください。影の花嫁とか役目だとか、いったい何故私は此処に連れて来られたんですか？　しかも、あんな……」

「無体を強いられて？　ああ、大丈夫。全部知ってるから。恥ずかしがらなくていいよ。たぶん君と俺たちの常識は違うし」

自分と龍月が何をしているか当然知られているとは思っていたが、いざ口にされると羞恥で死にたくなる。しかも若い男性に。

「ん、んー。あいつが喋らないのを俺が話すのもねぇ」

「……私には聞く権利が有ると思います」

「それ言われると辛いなぁ。確かにそうだと俺も思うしね。ま、良いか。その方が面白いかもしれないし？　あのね、この九鬼家はずっと古来から国を支えて来たんだよ」

国、と言われても曖昧な上に対象が大き過ぎていまいちよく分からない。八重の戸惑いを見つつ、秋彦は足を崩した。

「言葉通り。気付いてるかもしれないけど、あらゆるお偉いさんがこの家を頼ってやって来る。それは一族に伝わる千里眼を求めて縋り付いて来るのさ」

「千里眼……？」

「本当に何も知らないんだね。九鬼家男子にだけ伝わる遠見《とおみ》・読心《どくしん》・予知の力だよ。有りとあらゆるものを見透かす不思議な能力。……もっとも近年は力を持つ者も減って、有っても著しく弱まっているから、長老共は笑っちゃう位権威維持に必死だけど。そんな中で龍月は歴代一番と言われるほどの強い力を持っている。だから一族としては何としても正式な資格を有する器を用意したかったんだろうね」

　そんな摩訶不思議な話をされるとは思っていなかっただけに、八重はからかわれているのかと秋彦を窺った。適当な法螺《ほら》話で誤魔化されているのだろうか。

「眉唾《まゆつば》って顔だね。信じるかどうかは君に任せるけど、取り敢えずそういう前提で進めて良いかな？　でないと話が終わらない」

「あ、はい……」

「九鬼家は遥か昔からこの力で繁栄して来た一族だ。でもそれだけじゃ生き馬の目を抜く世界で同じ地位は保てないよね。何処で足を掬われるか分かったもんじゃない。だから行って来たのが、時の権力者との婚姻による太い繋がりを作る政略という訳だ。そうして様々な場所に根を張り、無数の人脈を築いて来たのさ。……でもこれ、一つ欠点が有ってねぇ。血が薄まるんだ。繰り返せば始祖の血はどんどん希薄になり、やがては消滅していってしまう」

「……血……」

「もっとも、血の濃い薄いはあんまり能力に関係なさそうなんだけどさ。少なくともお偉い爺い共はそう信じ込んでるから、そこが重要って訳。となると、必然的により血が濃い者同士が子供をつくるのが望ましいと考えるのが自然の流れだ。それも強い力を持つ赤子を産める女。そんな女を選び、当主と番《つが》わせて来た。表向きの正妻とは別の、影の花嫁として――」

「……な……っ!?」

それではまるで子供を産む道具ではないか。

いくら女の地位が低いとは言っても、八重は、怒りが湧くのを感じた。

「怒んないでよ。とにかくそうやって代々の当主は二人の女性を妻にして来たの。まぁこれには適度に外部の血を入れる目的も有ったんだろうねぇ。近親婚ばかり繰り返してちゃ先細りだもの。その癖純血者以外は冷遇するんだから、頭ガチガチ過ぎるわ。あの古狸共め。あ、ちなみに当主は世襲制じゃないよ。代替わりする際に一番力の強い者がなる決まり。とは言え、実際には当主と影の花嫁との間に生まれた男子が継ぐ事が殆どだったけどね。極稀に龍月みたいに違う場合が有ると言っても、数える程度かな。だから尚更爺い共は拘るんだろうなぁ」

胡座をかいた脚の上に肘を付き、すっかり寛いだ様子の秋彦は唇を突き出して悪態をついた。八重より年上だと思うが、いやに少年じみた仕草で、またそれが似合っている。

八重は和みそうになる気を引き締め、一番聞きたかった事をぶつける事にした。

「……それで、私や母がどう関係して来るって言うんですか?」

「八重ちゃんのお母さん、桜さんは先代当主の花嫁だったんだよ。勿論、影のだけどね」

「……!?」

ならば母もまた、自分と同じ目にあっていたと言うのか。心の通わぬ相手との交わりを強要され、その結果自分を身籠《みごも》った……？

愕然《がくぜん》と目を見張る八重に対して、秋彦は天気の話でもするかの様な軽々しさだ。

少なくとも、愛した人との子供だからこそ母は自分を大切に育ててくれたと信じていた。しかしその前提が間違っていたのだとすれば、父のことを聞いたとき苦しげな顔を見せたのもうなずける。

単純に子供をつくるためだけの、義務の果ての関係。

それを受け入れていた父親とはいったいどんな人物だったのか。これまで出来るだけ考えないようにしていた『父親』という存在が妙に生々しく感じられた。

「ああ、あと八重ちゃんのしているその腕輪、最初は無色透明だったでしょ？　それ一族に伝わる秘宝の一つなんだけど、当主が器の資格が有る娘に着けると赤く変色するんだ。更に契りを済ませれば黒色に変わる。当主が代替わりした時に初めて外せる代物らしいよ。いわば目印みたいなものかね」

「母は……こんな物身に付けていなかったわ……」

「そこが不思議なんだよねぇ。君のお母さんは二十二年前この家を逃げ出して、以来行方不明だった。正直見つけ出すのは簡単だったはずなんだ。何と言っても、此処は九鬼家。失せ物探しなど朝飯前だからね。でも当時の当主は彼女を『死んだ』と宣言した。絶対君主の言葉だから、誰一人疑う事もせず捜索は行われなかったよ。しかもその腕輪が残されていたしね。どうやって外したのかは知らないけど、当主が生きている限り本人が死亡でもしていなけりゃ外れるはずがない。だから君のお母さんはまんまと逃げおおせたという訳。当時俺と龍月は五歳だったけど、未だにあの大騒ぎは憶えている」

母が背負っていた闇を思い、眩暈《めまい》がする。語りたがらなかった過去の欠片が一つずつ嵌《はま》っていく。醜悪な完成図の形が脳裏を過った。

「当主が決まる時に大抵影の花嫁の選定も同時に終わらせちゃうの。産まれたばかりの赤子から生殖可能な女性を全部集めてね。だけど龍月が十四で当主に立った時から今まで、いっこうに花嫁の有資格者は現れなかった。長老共の焦りっぷりったら無かったね。はたで見ていて笑っちゃう位だったよ。――――そんな時、狸の一人が言い出したんだ。桜さんは本当に死んでいるのかって」

すぅ…と室内の温度が下がった気がする。陽が翳《かげ》るにはまだ早過ぎる時刻。しかし薄寒さを感じて八重は自分の身体を抱いた。

聞きたくない。いや、聞かねばならない。

この屋敷に連れ去られてから、朧気《おぼろげ》に感じていた歪《いびつ》な闇が少しずつ見えて来る。最後までその薄絹を剝いだ時、自分は今と同じで居られるのか。

「生きていればまだ四十一。本人が子供を産むのは難しいかもしれないけど、娘が居る可能性が有る。その発言には妙な説得力が有ったよ。単に進退窮まったが故の願望に過ぎない妄想でも。……でも簡単に摑めると踏んでいた桜さんの消息は、意外にも尻尾さえ見当たらなかった。九鬼家の財力・能力を最大限利用しても、完全に途切れていた。ただ単純に逃げただけじゃなかったんだろうね、君のお母さんは。色々と予防線を張っていたらしい。特に千里眼対策は完璧だったみたい。一族の強い力を持つ者が束になって探っても、生死さえ把握出来なかった。だけどそれもこれも龍月が出て来るまでだ。あいつはやっぱり凄いよ。あっさりと障壁を突破して、君の存在と居所まで見破ったんだから。全く、だったら最初から本気になって探せよなって話なんだけど。あとは君も知っての通り。さて、他に何か質問は？」

母はいつも何を思って生きていたんだろう。どうしてか、彼女の顔が上手く思い出せない。

込み上げる吐き気に耐え、八重は深呼吸を繰り返した。

聞きたい事は山程あるのに、言葉に変換するのが酷く難しい。ぐるぐる回る羅列の中から漸く一つを掬い上げた。

「……私があの人に恨まれている理由は何ですか」

初めて会った時から、彼の瞳には憎悪が有った。秋彦の話を聞く限りでは、自分達に直接の接点は無い気がする。煩わされた怒りにしては激し過ぎるし、そもそも積極的に探し出そうとしていた様には感じられなかった。ならばその根源はいったい。

「それは――――」

「何をしている」

感情を押し殺した声が、二人の対話を断ち切った。

「!?」

これまで昼間に八重の元へやって来た事など無い龍月が、そこに立っていた。どす黒い気配を発し、抑え切れない怒気を漂わせている。

「あれ、もう仕事終わったの？　あの人一度来ると無駄に長いじゃない。もっと掛かるかと思った」

「あいつの言いたい事はいつも同じだ。適当に宥めて追い返した。——それより秋彦、この部屋に入るのを許可した覚えは無いぞ」

「八重ちゃんの許しは貰ったよ？」

「そういう問題じゃない！」

不機嫌さは見慣れていても龍月の怒声を聞いたのは初めてで、八重はびくりと身を震わせた。それに気付いたのか、荒く舌打ちし気まずげに顔をしかめると、龍月は目を逸らしたまま歯を食いしばる。

「……とにかく出て行け。二度と、勝手はするな」

「はいはい。素直に俺のものに近付くなって言えば良いのに。どうせ俺が八重ちゃんに会っているのを知って、血相変えて飛んで来た癖に。あとお前あの件はちゃんと話しておいた方がいいと思うぞ？　後からじゃ流石にあんまりだろ」

「煩い…っ！　お前には関係無い!!」

ひらりと手を振り、秋彦は腰を上げた。軽い足取りで猫の様に龍月の脇をすり抜ける。

波紋だけを残し、なんと無責任なのか。この張り詰めた空気をどうしてくれるんだと八重は恨めしくその背中を見送った。

「……随分あいつが気になるらしいな」

「え？」

「残念だが、いくら期待してもあいつがお前に手を貸すことは無いぞ」

嫉妬かと誤解したくなる態度で龍月は八重を見下ろした。

その瞳には鬼火の様な光が揺れている。

「そんなつもりじゃ……それより、何か用ですか？」

まさかこんな昼日中に八重を抱きに来たのではあるまい。油断しないにこした事は無いが、先程の秋彦との会話から推し量っても、暇でない事は容易に想像がつく。

「……用が無ければ来てはいけないのか」

これより悪くはならないと思っていた空気が、もう一段階下がった。剣呑な瞳が八重に突き刺さる。いったい何なのだ。質問に質問で返され、八重は眉間に皺を寄せた。

「……秋彦と何を話していた」

「貴方が一向に教えてくれない事です。他に聞く人が居ないもの」

若干拗ねた口調になってしまったのは、反抗心からだ。八重と母を責める様な内容を口にしながら、その真意を明かそうとしない龍月への忍耐はそろそろ限界だった。

貪られるだけの毎日などもう沢山。仮にそれで彼を怒らせたとしても構わないという投げ遣りな気持ちもあった。なるようになれ、という自棄《やけ》っぱちな。

「生意気な女だな」

「そう思われるなら、早く解放してください。貴方が私にした事は絶対に許せないけれど、その努力位はするわ」

出来るだけ嫌な女に見えるよう顎をそびやかし、そっぽを向く。

慣れない態度をとったせいか、胸の奥で心臓は暴れ狂っている。龍月は入り口に立ったまま此方を見下ろし敷居を跨いでは来なかった。八重は慎重に距離を測りながらも全身で動向を探り、震える手を悟られぬ様、さり気なく腕を摩った。

「……立て。丁度いいからこのまま出掛けるぞ」

「え？」

この屋敷に囚われて以来、外出など初めてだ。それどころか殆どこの部屋から出る事さえ許されていなかったのだから、邸内の間取りさえ碌に知らない。勿論それは目の前のこの男の意向だろう。事実上の軟禁状態。それが突然どういう心境の変化か。

ぽかんと見上げていると、盛大に龍月が顔をしかめた。だが、冷たい無表情よりずっと良いと思う。

「早くしろ。俺は待たされるのが嫌いだ」

外の空気を吸えるのは純粋に嬉しい。その誘いはとても魅力的だった。

「直ぐ支度します……っ」

軽く髪を束ね、龍月の気が変わらぬ内にと手早く準備を整える。と言っても着替えは済んでいたし、化粧をする習慣はないので極簡単なものだ。

その横顔に龍月の視線を感じる。

「……？」

振り向くと目が合ったが、何事も無かった様に逸らされた。

（調子が狂うわ――）

別に酷くされたい訳じゃない。だが、夜とは違う態度に戸惑いを隠せない。

明るい日の光の下では、夜とは違う別の何かが見えるのかもしれない。

どんな顔をすれば良いのか分からず、八重は敢えて彼を振り返らなかった。

四　変わる想い

供として秋彦だけを連れ、辿り着いたのは見晴らしの良い小高い丘の上だった。

僅かに上がった息を整え、額の汗を拭う。吹き抜ける風が緑を揺らし、木々の間から穏やかな日差しが降り注ぐ。時折聞こえる鳥の声が優しく耳を擽った。遠くには海が望める。

おそらく街の中心地からさほど離れていないと思われるのに、豊かな自然が残されているのは意外だ。最近の急速な経済成長と開発により、木々は倒され山は切り開かれている。

（まだこんな場所が近くにあったんだ……）

八重自身は便利で立派な建築物より、田舎臭くても人の手が入らない景色を見る方が好きだ。だから濃厚な緑の匂いに安らぎを感じた。

九鬼の屋敷からさほど離れてはいない。恐らくは直ぐ裏手位の距離。だがあまり頻繁に行き来する者はいないのか、道は辛うじて繋がっているに過ぎなかった。

少し離れた入り口付近で秋彦に待つよう告げ、八重と龍月の二人だけで奥まで進む。前を歩く広い背中を見詰めながら、八重は複雑な気持ちを持て余していた。

二人きりなのは落ち着かない。が、日中の屋外にいるせいか、さほど息苦しさも感じ無い。むしろ……

細い獣道を抜けた先に、目的の物はひっそり立っていた。

「あ……」

正直粗末と言える。小振りで地味な石柱が一つだけ。しかし供えられた花は、母の好きな白い百合だ。それも大輪の見事なもの。

そして刻まれた名は間違いなく母の名前。

「これ……」

「九鬼の墓所に納めるには、難色を示す馬鹿が多くてな。それにあの家を逃げたがっていた人だ……敷地内よりも此処の方が気楽で良いだろう」

八重は驚きに目を見開いた。昨夜もその前も母の遺骨については漏らしてはいた。埋葬もせず置き去りにしてしまった事。墓所を用意していなかったから、せめて手元に置いておきたい事。自分の言う事など龍月は全く聞いていないと思い込んでいた。百歩譲って耳に届いていたとしても、心に響く事など無いと諦めていたのだ。

しかしそれを覆す物が今目の前にある。それどころかさり気無い気遣いが見え隠れしている。

「作ろうと思えばいくらでも華美で大きなものを用意できたが、お前と同じで派手なものは好まない人だったと言っていただろう？　下手に大事《おおごと》にして爺い共に勘付かれても面倒だ。それに、此処ならお前の部屋からも見えるだろう。距離があるから、はっきりとは無理だろうがな」

言葉に釣られて下を見下ろせば、遠くに九鬼の屋敷が臨めた。遠過ぎて確認は出来ないが、位置から見て八重に与えられた一室とは一直線上に在る様に思われる。

おそらくあちらから見上げれば、この場所を目にする事が出来るのではないか。

「あ……ありがとうございます……」

驚き過ぎて礼を言い忘れているのを思い出し、八重は慌てて龍月に頭を下げた。自分だけではこんな風に埋葬してやれたかどうか分からない。

「ふん」

詰まらなそうに鼻を鳴らし横を向いた龍月はいつも通りの不機嫌な無表情だが、二人の間に流れる空気は確かに違う。あの隠微な匂いが染み付き、欲を剥き出しにした豪奢な牢の中とは、比べようも無い穏やかな時間。

「あ、でも、私何も持って来てないわ。お線香も、お供物も……」

身一つで連れ去られた囚われの身であれば当然だが、八重は何も持ち合わせていない。それは金銭に関してもだ。

だから買う事も選択肢には無い。そもそも売っている店も近くには無いのだが。

ならばせめて野に咲く花でもと思うが、供えられた百合があまりに立派過ぎてそれも躊躇われた。

「また来れば良い。此処は煩わしい奴らは来ないからな」

その言葉に、此処が龍月にとって大切な場所なのではないかと思い至る。心を許して見える秋彦でさえ簡単には出入り出来ない、とっておきの。

そんな所を何故。憎んでいるのではなかったのか？　それとも効果的に傷付ける為の布石なのか。

問い掛けたいが、それをしてこの雰囲気が壊れるのが怖い。一度も見た事の無かった龍月の柔らかな空気が霧散してしまうのは嫌だと思った。

（どうかしてるわ……私）

相手は自分を陵辱した男。閉じ込め、散々嬲られ貶められた。そんな卑劣で最低な相手とどうして安らいだ時を過ごしているのか。

たぶん、外界と遮断されたせいで冷静な判断力が鈍っているのだ。

そうとしか思えない。でなければおかしい。

自分でも理解出来ない心の動きを振り払うため、強く拳を握り締めて意識を切り換えた。掌を合わせ、深く呼吸する。

諸々の現実を頭から消し去り、ただ純粋に母のために冥福を祈った。凪いだ心でそれだけに集中すれば、温かな思い出が懐かしく蘇る。

「……お前の母親はどんな女だった？」

突然龍月から話し掛けられ、八重は動揺した。彼から会話らしいものを振られるなど初めてだ。いつも一方的に詰《なじ》られ終わってしまう。

「普通、の母親だと思います。とても大切に育ててくれました。沢山の愛情を注いでくれて……自分を犠牲にしてでも、私の為に……」

まだ思い出とするには記憶が生々し過ぎる。口にした事で鮮やかに甦るものがあり、否が応にも涙腺が緩んでしまった。

「ご、ごめんなさい……まだ、」

「……そんな母親も、居るんだな……。俺は若い頃のお前の母親に会った事がある。と言ってもこっちは五つかそこらだったから、かなり曖昧な記憶だけどな。――とても強い、意志を持った人に見えた」

「お母さんに……!?」

「ああ……あの家の毒に染まらない奇特な女性だった」

遠くを見る様に目を細めた龍月は、微かに笑った。

歪んだ笑みでも、皮肉な嘲笑でもない極自然な。

一陣の風が葉擦れを響かせつつ吹いて行く。黒髪が揺れ、汗ばんだ首筋が心地良く撫でられた。

百合の匂いが甘く香る中、暫く二人は見詰め合った。先に逸らしたのは龍月だ。

「あの……龍月、さんのお母様は？」

急に息苦しくなったのを誤魔化す為、会話の接ぎ穂が欲しくて何気なく投げた質問は沈黙に遮られた。

押し黙った龍月の横顔は冷たく凍り付き、それ以上の会話を拒んでいる。

「ご、ごめんなさい」

「いや、良い。俺の方こそ余計な事を聞いた。忘れろ」

突然始まった会話は、やはり唐突に打ち切られた。もう終わりと告げる代わりに背を向けられる。

もう少しだけ続けたかったと感じるのは麻痺した頭が見せる幻か。

伸ばし掛けた手は、何処に縋る事も無く下ろされた。そもそも何を摑もうとしたかさえ、八重には良く分からない。

（一体私は何をどうしたいの？）

行き場を無くした言葉が虚しく散らばっている様に感じていた。


屋敷へ戻る道すがら、誰も喋る者はなかった。

秋彦でさえ二人から僅かに離れ黙っている。

話す内容が無いと言えばそれまでだが、不思議と沈黙が苦痛ではなかったので八重も口を噤《つぐ》んだままだった。舗装されていない道は歩き難く、登りよりも下りの方が足を滑らせ易い。実際、何度かよろめきその度に龍月に支えられた。

ひと月近く碌に歩かずにいた為、足が萎《な》えてしまった様だ。何でもない段差でさえ、酷く辛い。龍月は転び掛ける八重を受け止めては顔をしかめていたが、不快そうではなかった。むしろ心配そうにこちらを窺っているような気がする。

いつでも手を伸ばせる様にと歩幅を調整してくれているのが分かり、落ち着かない気分になる。まるで気遣われている様な錯覚をしてしまうではないか。

欲を孕まない手はいつもの強引さが鳴りをひそめ、恐る恐るといった風情で八重に触れた。躊躇う指先が迷いながら離れ、まるで照れているかの様にお互い目を合わせず不自然に距離を取り、ぎこちなく脚を繰り出す。

身体を動かしていれば、余計な事は考えずに済む。

じっと足下に目を向けて、混乱する頭を整理するのに必死だったから、八重は気付かなかった。木々の間を抜け、九鬼の屋敷の裏手辺りに出たその時、刃物を持った女が立ちはだかっている事に。

「――――何だお前は」

冷たい龍月の声で顔を上げれば、真っ青になった女がぶるぶる震えながらも、切っ先を八重に合わせていた。

まだ年若い女性だ。八重とたいして変わらないだろう。整った顔立ちはしかし奇妙に歪んで、見る者に恐怖をもたらす。

「あっ、貴女さえ、いなきゃ、わたっ、私が……！」

「……え!?」

切れ切れの言葉が女の狂気を物語る様で、八重は竦んだ。焦点が合わない目玉がぐるぐる動きつつ、最終的に八重へと戻って来る。

「……きゃ」

「下がっていろ」

思わず龍月の着物の裾を摑んだ八重の手をやんわり外し、彼は一歩前へ進み出た。

指が離れた途端に不安が募ったなどと言えるはずが無い。

「どういうつもりだ。お前、一族の娘だろう。当主と器に刃を向けて、冗談でしたで済むとはよもや思っていまいな？」

「あああ、あの女さえいなきゃ、私が龍月様の影の花嫁だったのよ！　に、逃げ出した愚か者が産んだ娘なんて、誰の種だか分かったもんじゃないわ！　そんな女より、代々純血を貫いている私の方がずっとずっと相応しい……！　龍月様、必ずお役に立ちます！　どうか目をお覚ましになって！」

目を血走らせ、口角から泡を飛ばして主張する内容から察するに、彼女は八重が影の花嫁に選ばれた事が気に入らないらしい。それならばどうぞ差し上げますというのが本音だが、口を挟むのは憚《はばか》られる。

それに八重には信じられなかった。

影の花嫁とは、言葉を変えればただの子供を産む道具だ。そんなものに、正気を失う程なりたがるものだろうか。誉れだなんて思えるはずも無いし、龍月へ特別な感情を持ち合わせていたとしても常識的に考えておかしいと思う。

それが理解出来ない程の狂気。剝《む》き出しの悪意が恐ろしい。憎しみや蔑みなら龍月からもぶつけられて来たが、それとは全く違う黒い感情。

「この女が消えれば、自分が選ばれるとでも？　無理だ。影の花嫁は一人につき一人だけ。替えは利かない。知らないはずは無いだろう？」

「で、でもっ、その女があらわれなければ、わ、私が選ばれる予定で……！」

「長老達に何を吹き込まれたかは知らんが、俺にそのつもりは無い。器が見つからなければ、正妻だけ迎えるつもりだったわ」

「そんな……！」

見開いた目に涙を浮かべているのは哀れを誘う。

しかしぼさぼさに乱れた髪や、離れていても微かに臭う饐《す》えた臭気が彼女の狂った調律を示している。かさついた唇からは意味不明な呟きが始終漏れていた。

「龍月……さん、」

「安心しろ」

膝が震え立っているのもやっとな八重を振り返り、龍月は表情も変えず言った。手を握ってくれたのでも、微笑んでくれたのでも無い。けれど、何故だか優しく宥められるより安堵していた。冷え切っていた身体の熱が僅かに戻って来る。

「龍月様！　そ、その女に惑わされていらっしゃるんですわ！　わ、私が正して差し上げますっ！」

金切り声を上げ女が飛び込んで来るのと、鮮やかに龍月が身を躱《かわ》すのは同時だった。まるで優雅な舞踊の様に洗練された動きで回転した次の瞬間には、女は地面に突っ伏していた。

「は、離して……っ！」

「刃物を渡せ。今なら穏便に済ませてやらん事も無い」

「え？　お前らしく無い。普通ならその女は勿論、親兄弟だって処分だろ？　何情け掛けてんの」

欠片程の焦りも見せず、のんびり歩いて来た秋彦が頭を掻きながら伸びをした。あまつさえ欠伸までしている。

「お前こそどういうつもりだ。護衛も担っておきながら、主の後を遅れて歩くなど」

「だってあの位、お前にはどうって事無いでしょ？　本当に拙《まず》いと思ったら、ちゃんと駆け付けるよ。それより、その女本気で無罪放免にする気じゃないよな？」

未だ暴れ続ける女の前にしゃがみ込み、秋彦は薄っすら笑った。

「今までのお前なら、見せしめも兼ねて完全に潰して来ただろう？　やり過ぎって位冷酷だったじゃないか。どういう心境の変化？　ま、良いけどさ。おい君、今回はどうやら温情ある裁きになるみたいだから、幸運だったね。ひょっとしたら、死んだ方がマシって扱いかもしれないけど」

「秋彦！」

「あ？　はいはい、すいません。ほら、押さえるの代わりますよ龍月様。こんなくだらない人間にお前が触れる必要無い」

女の拘束を代わった秋彦は容赦無く体重を掛け、その腕をねじり上げた。女は痛みに悲鳴を上げたが、刃物を握った腕は身体の下に隠したままで、中々渡そうとはしない。顔を真っ赤にし苦悶の表情を浮かべても、強情に拒み続ける。

「往生際が悪いなぁ。それにしても嫉妬の末の暴挙かぁ。馬鹿な奴。そんな事をしても、あいつはお前なんか見ないよ。お疲れ様」

――――あ、駄目――――

「う、あああぁアッ!!」

半狂乱になった女は、持っていた刃物を突如八重目掛けて全力で投げた。

「……っ!!」

咄嗟《とっさ》の事で、避けることができないまま目を見開く。

飛んで来る刃が八重を貫こうとしたその時。ぱっと散った朱が頬に掛かった。生温かいそれは命の欠片だ。錆びた鉄の臭いが届いた時、八重は絶叫していた。

「龍月さん……っ!!」

八重に突き刺さるはずだった刃は、その直前で龍月の腕を傷付けていた。咄嗟に伸ばされたそこを抉り、地面に血が滴り落ちる軌跡は作り物めいている。

所詮女の力であるからたいして深い傷ではないようだが、太い血管を絶ってしまったのか出血が激しい。

「龍月っ、大丈夫か!?」

「問題無い。かすっただけだ」

眉一つ動かさず淡々と止血するのを、震えながら見るしか出来ない自分が酷く情けない。その場にしゃがみ込みたい衝動を抑え、手拭いを取り出した。

「こ、これを……」

「ああ。すまない」

「くそっこの女、やってくれたな！　当主に傷を負わせたんだ。相応の覚悟をして貰うぞ」

漸く騒ぎに気付いたらしい家人が集まって来る。わぁわぁと騒ぎながら、憑物が落ちた様に大人しくなった女を何処かへ連れ去り、手当ての為に龍月も室内へと運び込まれた。八重もそれに付き従う。

その際「これが例の」と言った視線に晒されたが、微塵も気にならなかった。それより自分を庇って怪我をした龍月の事で頭はいっぱいで、溢れる涙が止まらない。

「……ごめんなさい」

「何故謝る？　お前に非は無いだろう？　悪いとしたら、むしろ俺の方だ。恐ろしい思いをさせた。……すまなかった」

たどたどしく紡がれた謝罪の言葉は、言い慣れていないのが見え見えだった。気まずげに目を伏せ、じっと何かに耐えている。

まさか謝られるとは思っていなかった為、返す台詞が見付からない。

傲慢で冷酷非道な最低の人だと思っていたのに。八重の中に有る像がぶれて行く。

傍に居ても、何が出来る訳では無く、むしろ慌ただしく動く者達の邪魔にしかならない。けれど、傍を離れようとは思わなかった。

「部屋に戻っていろ。千代、連れて行け」

「嫌です。わ、私も此処に」

千代が八重を促しても、腰を上げなかった。意地でも龍月の枕元を離れたくない。今距離を置けば、必ず後悔する気がする。

「八重様……専任の医師がおりますし、介護の手も充分ですから」

「看病させてください。だって、私を庇って……」

血相を変えて飛んで来た医師は、八重を押し退ける様にして手際良く裂傷を確認した。

「思いの外傷が大きいので縫いますよ。麻酔を」

「必要無い。直ぐにやれ」

渡した手拭いは既に真っ赤に染まり、次に当てられた布も見る見る朱に変わって行く。目にするだけで気が遠くなりそうだが、腕に爪を立て何とか耐えた。この何倍、何十倍もの痛みを龍月は感じているはずだ。そう思えば易々と気絶などしていられない。

「龍月様……こちらをお飲みください。多少は痛みが和らぎます」

　半ば医師から強引に差し出された薬湯に眉を顰めつつ、龍月は大人しく従った。その直前、ほんの一瞬八重は目が合った気がしたが、思い過ごしかもしれない。

　邪魔にならぬよう部屋の隅へと移動し、吐き気を堪えつつ手早く縫合された傷口を凝視していると、問題の女を引き渡したらしい秋彦が走り込んで来た。

「龍月っ、傷の具合は⁉」

「さっきも言っただろう。問題無い」

　そんなはずは無い。確実に先程よりも青白くなった顔色は、血を大量に失った為だと分かる。嘘をつくなと言いたいが、八重の喉はからからに渇いて「あ」とか「う」などと言う無様な音しか出て来なかった。

「……申し訳ない、完全に俺の失態だ。どうぞ好きな様に処罰を」

　畳に頭を擦り付け土下座する秋彦に、八重は少なからず驚いた。

　それまでの飄々とした態度とはまったく違う、主を敬う使用人として振る舞う姿が意外だったからだ。

「やめろ。お前のそんな態度は気持ち悪い。そもそも油断した俺が原因だ。不用意に八重を連れ出したのも、碌に護衛も付けずに出歩いたのも、俺の不注意に過ぎない。馬鹿な考えを持つ阿呆共がいると分かっていたのにな。それでも責任を取りたいと言うなら、今後も精々馬車馬の様に働く事だ」

「ふざけるなよ、これ以上は過労で死ぬわ！」

冗談とも本気とも取れる龍月の言葉が切っ掛けで、普段通りの空気が戻った。そこには八重には立ち入れぬものが有る。長年積み上げて来た絆の様なもの。揺らがぬ信頼。

「――――俺はお前を支える為に此処に居る。それだけが存在理由だ。だから頼む、二度と無茶はしないでくれ」

「……ああ。肝に銘じておく」

数日間は安静にする様にとの厳命が下った。

使われた刃には微量ながら毒物が塗ってあったらしく、傷の発熱も伴い相当の高熱になる事が予想されたからだ。

毒――――と聞いて八重は震えた。

女の本気を知り、如何に自分が憎まれ疎まれていたかを思い知った。衝動では無い、計画性さえ窺える。

「幼い頃から毒には慣れている。多少の物など問題では無い」と主張する龍月を布団に押し込めたのは八重だ。放っておけば、そのまま仕事に戻りそうな態度に恐れを感じた。

「大人しく寝ていてください。私に出来る事ならしますから」

無理をして寝付く様を見るのは嫌だ。未だ癒えぬ母親への後悔を思い出し、胸を掻き毟りたくなる。

その相手が誰であっても、見たくない。

何かを探る様に八重の瞳を覗き込んでいた龍月だが、暫くすると盛大な溜め息を吐いた。

「……もう良い。好きにしろ」

二人の遣り取りを黙って見ていた者達も、諦めた龍月が横になったところで、詰めていた息を吐き出した。

「俺は後始末に戻るけど……八重ちゃん、こいつを頼むね」

「はい……」

殊勝に頭を下げる秋彦に戸惑いつつ、先程の女性の処遇も気になって仕方ない。

（まさか……殺したりとか、しないわよね……？）

甘いと罵られても、やはりこればかりは許容出来無い。しかし汗を流し息を乱し始めた龍月を前にして、そんな悠長な考えはあっという間に脳裏から消え去り、目の前の男のことで頭はいっぱいになった。そんな自分は随分薄情だと思う。そもそも女性の身を案じたのも、彼女を思ってというよりも、龍月にこれ以上酷い事をして欲しくないという願いが込められていたなど、気付くことは無かったけれど。


用意されたタライに冷たい水を張り、そこに浸した布を絞る。

上がり続ける熱を冷ます為、額を冷やす事位しか八重には思い付かなかった。

不規則に乱れる息と赤く蒸気した顔が龍月の苦痛を物語っている。玉の汗が首元を流れ落ちてゆくのを丁寧に拭った。

「……っく……」

「龍月さん、苦しいですか？」

深夜になり、いつの間にかうつらうつらと眠りと現実の境を彷徨《さまよ》い始めた八重の耳に届いたのは、龍月の控えめな呻き。

直ぐに覗き込み呼び掛けたが、どうやら眠ってはいるらしく反応は無い。

「また熱が上がっている……」

額に当てた掌が燃える様に熱く、暗闇の中ではは っきり見えないが、目の下の隈は一層濃くなった気がする。

結局一度も弱音を吐かず、辛そうにする素振りさえ見せなかった。

医師から「本当ならばのたうち回る程の激痛」とこっそり聞いた八重は戦慄し、少しでも痛みを和らげようとぬるまった布をタライで濯ぎ、出来るだけ水音を立てないよう気遣いながら固く絞った。

ちらりと視線を移せば、闇の中に鮮やかな白が浮かび上がっている。龍月の右手に巻かれた包帯だ。痛々しいそれは、八重の胸を軋ませた。

――私が影の花嫁だから？　換えの利かない存在だから？

それだけが理由じゃなければ良い。そんな風に思う自分は一体何を望んでいるんだろう。

こうしていれば、とても冷たい人だとは思えない。あんな酷い事を自分にし続けた男とは別人に思える。

今日は――正確には昨日だが、色々な出来事が多過ぎて八重自身も混乱している。考えも上手く纏まらず、空回りしているのは重々承知しているが、思い悩むのを止められない。

ふとした瞬間様々な物思いに囚われ、心は千々に乱れる。

ひょっとしたら、今夜は逃げ出すのに絶好の機会なのかもしれない。

皆龍月の怪我に浮き足立っているし、一番の問題である本人はこの有様だ。監視は手薄になっているに違いない。

しかし――その気にはなれない。

弱った龍月を捨て置いて飛び出すなど、八重には難しい。どれだけ憎い相手であろうとも、今はただの怪我人だ。それも自分を庇って傷を負った。

「……っ、苦……っ」

喉に爪を立て、苦悶の表情を浮かべた龍月が大きく喘いだ。もがく様に手が宙を掻く。

「りゅ、龍月さん？　ちゃんと息をしてっ」

良く見れば呼吸をしておらず、赤かった顔が見る間に青褪めていった。空気を取り入れようと足掻いているのに、出来ない――そんな風情で。

「龍月さん、龍月さんっ！　目を覚まして！」

魘《うな》されているならば、起こしてしまうしかない。身体をゆさぶり何度も頬を叩いたが中々目覚めず、それどころか傷を負った手で胸を掻き毟っている。

「駄目っ、傷が開いてしまいます。お願い、落ち着いてください。大丈夫ですから……！」

身体全体で暴れる龍月を押さえ込み、繰り返し耳の傍で語り掛けた。

暫くは跳ね飛ばされそうな抵抗に手を焼いたが、次第に落ち着きを取り戻し、龍月の呼吸も穏やかなものへと変化していく。

安堵し今一度顔を覗き込んでいると、青白い瞼が震えていた。

「……や、え？」

薄っすら開いた瞼の奥に潤んだ瞳が揺れている。

「は、はい。此処に居ます。……怖い夢でも見たんですか？」

初めて名前を呼ばれた事にも驚いたが、それ以上に頼りない声音に耳を疑った。これまで、傲岸不遜な自信に満ち溢れたものしか聞いた事が無く、抱いていた怖い人という印象とあまりに違い過ぎたからだ。

しかし虚勢を剥いだ素のままの龍月は、いっそ年齢より幼く見える。

「……夢……か、そうだな。もう全部過去の事だ……」

「あの……」

胸元を握り締めたままの龍月の手を包み、やんわりと外させた。

強張り固まった指を解《ほぐ》してやりたくて、そのまま重ねた手が拒まれる事は無く、僅かに握り返された気がする。

すっかり着崩れ乱れた寝巻き姿は肌けた胸に光る汗が酷く淫猥で、八重は目のやりどころに困ったが、本人は気にしていないらしい。

直してやるべきか迷っていると、龍月は無事な左手で顔を覆った。

「……俺の母親は、外から来た女だった」

「え？」

「九鬼一族では無く、政略で嫁いできた女だ。上昇志向が強くて、出世欲の塊みたいな……いっそ男であれば、それなりに成功したのかもな」

八重が聞いているかどうかは問題ではないのか、龍月は指の隙間から夜の闇を見詰めたまま語り出した。何を言わんとしているのかは想像もつかないが、止めてはいけないと思う。じっと押し黙り、先を促す。

昼間の何気無い問い掛けに答えようとしてくれているのか。であれば、いったいどんな心境の変化なのだろう。

「……通常一族と外の人間との間に生まれた子供は、男であれば七つになるまでに力の顕現がない場合、九鬼の家を出される。一族の資格なしとして相手先の家に戻されるのさ。女子であれば、影の花嫁の可能性がないと分かった時点だ。そうなれば、九鬼を名乗る事は許されない。もっとも才能があって残ったところで、合《あ》いの子には大した地位は与えられないがな。実力主義を標榜しながら、内実はそんなものだ。……だが末端であっても、九鬼に名を連ねられるかどうかは大きな問題らしい。少なくとも……俺を産んだ女にとっては」

　話し疲れたのか、龍月は目を閉じた。深く溜め息を吐き、息を整える。

「あの、身体がお辛いなら……また後で、」

「いや……聞いて欲しい。──子供の頃の俺には何の力も無くて、身体は小さく弱く、それこそ普通の餓鬼《がき》以下だった。よく女児と間違われる泣いてばかりの、虫にさえ怯える様な。……期待外れだったんだろうな。毎日の様に『こんなの私の子じゃない』『役立たず』と罵られ殴られた。『せっかく産んだのに意味が無い』とぼやくのがあの女の日課だった」

「そんな……」

　酷いと感想を述べるのは簡単だ。しかしそんな簡単に語れる内容では無く、八重は龍月の手を強く握った。熱のせいで普段より高い体温が二人の間で混ざり合い、境界を曖昧にしていく。それが自然に思える。

「親でさえそんなだから、他の子どもにとっても最高の獲物だった。しょっちゅう追いかけ回されて生傷が絶えた事は無かったし、あの頃は秋彦以外に味方なんかいなかった。……まぁそれは今も変わらないか。とにかく、いつどこで暴力を振るわれるか分からないから、常に緊張して警戒してた。家でも外でも気の休まる時なんか無い。そして大抵やり過ぎる大馬鹿が現れる」

　まるで形を確かめる様に龍月の親指が八重の手の甲をなぞった。少し擽ったいが、黙ってしたい様にさせておく。違和感が有るが不快ではなく、そのもどかしい感触を享受した。

「ある時、子どもの一人に真冬の池へ突き落とされた。もう埋め立ててしまったが、昔は庭に大きな人工池があったのさ。金を掛けまくった鯉を泳がせる為の、無意味な水溜りだ。……母親は、一部始終を見ていたはずなのに、そのまま背を向けた。大方、俺がいなくなればまた父の渡りがあるとでも思ったんだろう。そして今度こそ九鬼に相応しい力の有る子供を産み、自分の地位を確立しようとでも。皮肉だが、その思考だけは理解出来る。……凍り付きそうな水の中で、見る間に手足は動かなくなった。呼吸も苦しくて必死にもがいたけれど、水面はどんどん遠退いて……水中から見上げた月は、腹が立つ程綺麗だったな」

「もう……良いです、龍月さん」

「……何故お前が泣く」

両手で龍月の左手を握り締め、八重は震える声を抑えられなかった。指摘され頬に触れ、初めて濡れている事に気付く。

「だって、とても悲しいです」

世の中全ての親子が上手くいっている訳ではない事は知っている。けれど、こんな陰惨な話が有るだろうか。

子供が愛される事を諦める程、切ない話は無い。それが龍月にどんな暗い影を落としたのかと思うと、引き絞られるように胸が苦しくなる。命を軽んじているのも、人の情を信じようとしないのも、それ故かと納得すると同時に、いたたまれなさで涙はとまらなかった。

「おかしな女だな。自分を陵辱した男がどんな過去だろうと、普通は同情なんてしないだろう。むしろザマァミロと嘲るところじゃないのか」

「他の人がどうかは分かりません。でも私は相手が誰であっても、きっと悲しいです」

また偽善だと罵られるのは覚悟していた。投げ付けられる暴言に備え、ぐっと腹に力を入れる。

しかし返されたのははっきり握られた手の強さだった。

「……一週間生死の境を彷徨って、意識が戻った時には九鬼の力が目覚めていた。あの女は大喜びし、それまで無関心だったのを掌返して母親面して来た。まだ俺も餓鬼だったから、少しだけ期待したのを覚えている。もしかして今度こそ自分を見て貰えるかもしれないと。周囲も一気に色めき立ったしな。弾き出されていた世界から、受け入れられた心境だった。——だが、本当の地獄はそれからだった」

水差しに手を伸ばす龍月へ、八重は慌てて湯呑を差し出した。それを数度に分け飲み干すと、気怠げに横になる。

枕元に落ちた布を冷し、再び龍月の額にのせた。

「突然目覚めた力は制御不能で、寝ても覚めても引っ切り無しにあらゆる映像を見せて来る。過去の事や未来、隠し事から本心まで。醜悪な本音を緩衝材も無いままくらい続ければ、誰だっておかしくなる。まして七つにもならない子供じゃな。特にきつかったのは母親からの愛情という鍍金《めっき》を掛けた私利私欲だ。あの女は……便利な道具位にしか俺を見ていなかった」

　八重は呼吸も忘れ龍月を見詰めた。

　幼い子供が僅かな希望も打ち砕かれ、縋るものが何も無い世界でどうやって生きて来たのか。想像さえ出来ない。いや、勝手な予想など侮辱にしかならないのではないか。

　掛ける言葉も見付からず、ひたすら握る手に力を込める事しか出来ない自分が情けない。抱き締めたいと願うのは、一時の感傷に流されているだけか。

「笑顔の裏で人が何を考え、汚らしい欲望を抱えているのか、全部丸分かりだ。吐き気のする様な犯罪行為に手を染めながら、好々爺として信頼を集める奴も居る。英雄として祭り上げられた奴の本性は、人を殺す為に軍に入隊しただだの殺人狂。才能溢れる日本画の巨匠は弟子の作品を盗む常習犯で、そもそも芸術を愛していない。綺麗な言葉を並べ立てつつ、中身は金儲けと新しい妾の事で頭がいっぱいな政治家。欲、金、女、名誉、権力……この世は腐ったもので満ち溢れている」

　違う、と否定したい。八重は沢山の美しい尊ばれるべきものを知っている。それらは見付け難くとも確かに存在している。

　しかしそれを告げて何になる？

　あらゆるものが見える彼にとって、お前の周りには無かったのだと思い知らせるだけに過ぎない。

「生きる事そのものが地獄だった。何も信じられず、悪意に満ちたこの家から逃げ出す事ばかりを考えていた。だが、そんな希望さえ奪われた」

　そこで、初めて龍月が言い淀んだ。

　目を閉じ、逡巡しているのが伝わって来る。要求せず待ち続ければ、赤らんだ瞳と目が合った。

「本来、合いの子である俺には当主の権利は無い。先代とお前の母親との間に男子が生まれれば、そいつが継ぐ可能性が高かった。さもなければ、強い力を持つ別の誰かだ。……どちらにしても、いつかは逃げられると信じ込んでいたから、生きて来られた。――――でも何の因果か、継承の儀で選ばれたのは俺だ。異を唱える者は多かったのに、覆る事は無かった……」

「もし、私が男子だったら……」

「今頃当主になっていたかもしれないな。または弟が生まれていれば――――八つ当たりだと理解はしているが、感情だけはどうしようも無い。お前達のせいだと憎む対象を作る事で、辛うじて自分を慰めていたんだ……」

　情けないな、と呟く声は八重の心を揺さぶった。

　湧き上がるのは怒りでも同情でもない。ならば何なのか自分でも分からない。

　ただ衝動の赴くまま、龍月の頬に触れていた。

　汗で張り付いた髪を丁寧に横へ流し、遮る物の無くなった瞳と見詰め合う。

「今なら……その手を少し下にずらして力を込めるだけで、俺を殺せるぞ」

「そんな事、しません」

確かに無防備に晒された首筋は、女の力でさえ容易に締められそうな気がする。

「……変な女だ。俺が憎くないのか？」

「憎い、です。今でも貴方が怖いし、許せないと思います。だけど、母のお墓を用意してくれた。怪我を負ってまで私を庇ってくれた……時折苦しそうな顔をする……どれが本当の貴方ですか？　分からなくなってしまいました」

あの墓所はおざなりのものではなく、心遣いに満ちている様に感じられた。そこに隠された優しさが見えると思うのは、甘い願望に過ぎないのか。

「別にお前の為じゃない。その方が都合が良かったか、偶々《たまたま》だ」

それでも嬉しかった。

――そう、嬉しかったのだ。認めてしまえば簡単な事だった。

憎いと思っていた人に抱く感情じゃない。でも理屈では割り切れない。

「……もう眠ってください。これ以上は、身体に障《さわ》ります」

「そうだな……」

強がっていてもやはり疲れているのだろう。

冷やした布を額に当て、暫くすると龍月の規則正しい呼吸が聞こえ始めた。

先程よりは穏やかな顔付きをしている。体温は相変わらず高いが、苦しそうでは無い。

そして手は握られたまま。

少し安堵して、八重は昼間見た百合の花を思い出していた。

五　憎しみと苛立ち

赤の他人とたかが猫の為に我が身を犠牲にしようとした八重を、龍月は信じられなかった。

これまでの人生において、そんな人間には出会った事がなかった。それどころか存在するとすら思っていなかったのだから、衝撃で言葉を失ったのも仕方ないと言える。

一時の気の迷いに流された愚か者と断じるのは簡単だ。けれど真っ直ぐ此方を見詰め、毅然と言い放った言葉が耳を離れない。

『何もしない善人より、行動する偽善者の方が良いです』

別の誰かが言ったのなら、下らない言い訳だと思ったかもしれない。中身の無い理想ばかり抱えた戯言だと。

しかし笑い飛ばす事の出来なかった時点で、既に魅入られていたのだと思う。

誘惑してみろと戯れに八重を挑発したあの夜――自分を穢した男が憎いだろうに、八重は震えながら唇を重ねて来た。適当に口にした提案を間に受けて必死に此方を誘惑しようとしているらしい。健気で、愚かだ。

触れるだけの拙い接吻で満足出来るはずもないのに。もどかしく付いては離れる唇を貪りたい衝動に駆られる。頭を抑え込み、黒髪に手を差し込んで深く口付けたい。何度も角度を変え、息つく暇も無い程奪い尽くしたい。

だが我慢する。涙ぐみ赤くなりながら舌を絡めて来る八重を堪能したいという誘惑に抗うつもりが無いからだ。

緊張から乾いていた八重の唇が、互いの唾液で少しずつ湿って行く。裸の胸が悩まし気に揺れていた。

「……はっ……」

何をすれば良いのか分からないのだろうが、問い掛ける様に此方を見上げるのは反則だ。じわりと甘い熱が下半身に集まり、理性の箍《たが》が外れそうになる。

純潔を失ったばかりの女に連夜続けての交わりは辛いだろうという位の想像は出来る。だから今宵は抱かずに済ませてやろうと考えていた。一日位休ませてやっても、この女が自分のものである事実は変わらないのだから。

しかし淫らな格好で未熟な誘惑をする八重にそんな思惑は弾け飛んだ。

「下手糞《へたくそ》」

髪を掴んで引き寄せる。態勢を崩し倒れ込んで来た八重を腕の中で反転させ、自分の胸に寄り掛からせる様にして座らせた。

「あ、あの……っ？」

「このまま自分でして見せろ」

「え……!?」

　正面で向かい合ったまま自慰に耽る女を観賞するのも一興だが、顔の見えない中その羞恥を味わわせるのも面白い。その方がより一層いた堪れない屈辱感を刻み込めるだろう。

「自分の手で慰めてみろ。ほら……早くやれ」

　愕然と振りかえる八重に酷薄な笑みを浮かべ、嗜虐的な喜びで背筋を震わせる。聞き間違いだと言ってくれと言わんばかりの視線には首を傾げる事で答えた。

「そんな……」

　ふるふると震える睫毛に涙が溜まって行く。綺麗だと見惚れる自分が許せない。

　ふいに木っ端微塵に壊してやりたいという衝動に駆られた。

「何でもするんだろう?」

「でも、自分でなんて……無理ですっ、私には……!」

「別に俺はどちらでも構わないがな」

　言外に取引を匂わせれば、如実に強張る八重が居た。

「どうする……?　選ぶのはお前だ」

　優しい声で堕落に誘う自分は、たぶんもう人では無い。鬼か妖《あやかし》だ。息を呑む獲物が罠に掛かるのを舌舐めずりして待っている。同じ地獄の底に堕ちて来るのを。

「……分かり、ました……します。どう、すれば……」

項垂《うなだ》れ、力を抜いた八重の項に口付けた。

「昨夜俺がした様に触ってみろ」

「触る……私が？」

さっきからそう言っているのに、まだ冗談だとでも言って貰えると期待しているのだろうか。そんなだから、尚傷付けてやりたくなるというのに。

「もう忘れたのか？　此処を弄られて散々喘いでいただろう？」

「……ひ、ぃやぁっ!?」

八重の手を取り、無防備な園へと導いた。昨夜強引に抉じ開けた場所は、またぴたりと閉じてしまっている。

慌てて膝を揃えようとするのを自分の脚で押さえ付け、耳元でそっと囁く。

「もっと開け。自分で、な」

「……っ」

小刻みな震えが大きくなる。嗚咽《おえつ》する様に肩が揺れた。

内心の葛藤が手に取る様に分かり、声を上げて笑いたくなる程愉快でならない。

短くは無い逡巡の後、八重はそろそろと左右に踵を移動させたが控え目過ぎて到底足りない。此方が満足していない事を伝えれば、躊躇いつつも更に開く。真っ白な太腿がわなないていた。

「中はともかく、此方はすっかり気に入っていた癖に」

「ふ……っ」

手を重ね合わせ、体内への入り口を指でなぞる。薄い和毛を掻き分け撫でていると、次第に指に絡む液体が滲み出して来た。

「身体はしっかり覚えているみたいだな。……ほら濡れて来た」

「ち、違う……っ」

ぬるぬる滑らせわざと音を立て、二本の指で押し開く。熱気を孕んだ場所が外気に触れ、いやらしくうごめいた。

「はぁ……っ、あ」

「ほら、自分でしてみろ」

「や……!?」

早くも綻び始めたそこから顔を出した蕾へ、八重の手を押し付ける。

淫らな蜜を纏ったそこは、愚かな虫を誘う淫花だ。

一度知ってしまった快楽を忘れる事など出来やしない。

「え、嫌ぁっ……」

にちゅにちゅと滑るのを上下に動かし、合間に指の腹でしごく。勿論八重の手を通して。

「あ!?　ん、ぁ……ぁんっ……」

たった一晩で作り変えられた八重の身体は、簡単に準備を整え芳香を放つ。甘い香りに酩酊《めいてい》し、柔らかな媚肉《びにく》を味わえば滾るものが有った。

「ぐちゃぐちゃだな……」

粘度の有る愛液が畳に流れ落ち、淫靡な染みを作っている。

片手でそこを攻め立てつつ、それまで放置していた乳房にも触れた。

「ひゃ……!?」

「ここも忘れるな。何だ、もうこんなにしていたのか」

固く主張する頂を摘めば、八重の背が仰け反る。後ろに自分が居るせいで逃げる事も叶わず、頭を振って身悶えている。

細い指が恐々乳首を挟むのを上から見下ろし、疎かになってしまった下腹部へと意識を戻させた。

「手を抜いたら駄目だろう。そろそろ中にも入れてみろ」

「え、え……あんッ！」

何の抵抗も無く飲み込まれた指は、蜜口辺りを彷徨った。引き抜こうとするのを遮る為、手首を固定する。

自分のものだと示す腕輪が鈍く光り、言いようの無い満足感が湧き上がった。自身の纏う着物と揃いの黒が堪らない愉悦を生み、目眩がする酩酊を呼ぶ。

「あっ、ぁっ……駄目、駄目ぇ……っ」

「よく言う。動かしているのはお前自身だぞ？」

そこに八重の手を持って行ったのは確かに自分だが、今や快楽を貪っているのは自主的

なものだ。濡れた淫音を響かせながら、快《い》い所を探るのは八重自身に他ならない。

「ぅ、嘘……ぁあっ」

「見てみろ。俺はもう何もしていない。お前が自分でしているんだ」

清楚な女が我を忘れて淫事に溺れる様は、興奮に我を忘れる程淫らな光景だった。下半身に血液が集まり、欲望が首をもたげる。硬くなったそれを八重の腰に擦りつければ、何であるか気付いたらしく耳まで赤く上気した。

「んん……っ、あ……、ぁあッ！」

「そのまま逝け。手伝ってやるから」

首筋に舌を這わせ、耳に息を吹き掛ける。空いている片方の乳房を下から揉み上げ、赤く色付いた飾りを悪戯に弾いた。太腿を摩り、誘う泉に自分の指も埋めて行く。

「はあぁ……っ、あ」

やはり陰核が一番感じるのか、八重が弄るのはそこばかり。物欲しげにひくつく膣穴は放ったらかされたまま。だが指で犯せば甲高い嬌声が上がった。

「あぁあんッ！」

「手が止まっているぞ。ちゃんと動かせ」

ぐるりと指を回し、ざらつく場所を重点的に擦ってやる。その度に痙攣する八重を拘束する腕に力を込めた。

「ぅあっ、はッ……ああっ！　そこ駄目……っ、おかしく……なっちゃうからぁ……！」

泡立つ程に掻き混ぜて、何度も指を出し入れする。態勢的に奥を突くのは難しいが、八重の感じる場所ならもう知っている。

すっかり快楽に飲まれ、自分に寄り掛かったまま喘ぎ続ける八重を余すところ無く堪能した。

「い、ぁぁあッ――!!」

最後にぐりっと敏感な芽を押し潰せば、一気に八重が仰け反った。同時に指を食んでいた内壁が複雑に収縮する。うごめく内側はそんな質量では足りないと強請る様で、奥へと龍月を誘った。

「……ん、はぁ、ぁ……」

「そんなに良かったか？」

くったり力の抜けた八重が全身を預けて来る。

淫らに脚を開いたまま、投げ出された四肢が不規則に震えていた。

「ふやけそうだな」

「ん、は……」

手首まで蜜に塗れた指を引き抜くと、その刺激にも過敏に反応しぴくぴくと痙攣した。

とろとろに溶け崩れたそこに自分を埋め込みたい。狂暴な衝動に従いたいが、落ち着けと自身に言い聞かせる。

「……ぁ、ふぁ……」

躊躇いもなく、しとどに濡れた指を口に含んでいた。今までどんな女を抱いて来てもそんな事をした事は無く、自分でも舐めた後に少し驚いた。

甘酸っぱい独特の味が口内に広がり、倒錯的な気分になる。

思えば、昨夜は口淫も施した。どうかしている。奉仕される事は有っても、女を悦ばせる為だけに何かをした事など一度も無かった癖に。

当然ながら自身の身体は欲を訴えたままだ。解放していないのだから当たり前だが、痛い位に張り詰めている。

だが達したまま未だ高みから戻って来ない八重を無理矢理組み敷く気にはならない。預けられた重みを感じながら、何処か満たされたものを感じていた。

矛盾だ。何を望んでいるのか自分でも分からない。が、やはり今夜は抱かずに済ませようと思う。本音を言えば今すぐにでも押し倒し、思う存分喘がせ狂わせたいが、それは今日でなくて良い。

八重が行為に慣れた頃、それで遅くは無い。

「……おい？」

静かになった八重の顔を覗き込むと、呆れた事に安らかな寝息を立てて眠っていた。裸のままで警戒心が薄過ぎる。

怒りに似た感情と共に甘やかな温もりも感じた。

――この感情は何だ。味わった事の無いむず痒さ。

苛立ちにも似ているが、違う何かを内包している。上手く言葉に出来ないせいで、龍月は尚不機嫌になった。

他人に煩わされるなど、自分らしくない。乱されるのは御免だ。それなのに、八重を見ていると冷静では居られない。

思い返せば、最初に顔を合わせた時からそうだった。真っ直ぐ向けられた、曇りの無い綺麗な瞳。薄暗い闇ばかり見詰めて来た龍月には眩し過ぎる純粋な光を宿していた。

だからこそ——

汚してやりたいと思った。

自分が泥の底でもがき苦しんでいる間に、何の憂いも無い日々を送っていたなんて。

本来であれば知る必要の無かった地獄を見たのは、全て彼女とその母親のせい。それが八つ当たりに過ぎないものだとしても、誰かを憎まねば生きて来られなかった。

出会えばきっと全てがどす黒いものに塗り潰され、微かに残る人間らしささえ失ってしまうかもしれない。昔から抱いていた恐れが再び頭を擡《もた》げ、言いようの無い恐怖を生む。

だがそれでも良い。苦しいだけならば、人の心など要らない。邪魔な代物ならば、いっそ無くしてしまえば楽になれる。

どうせこの家からは逃げられないのだから——そう思っていたのに、実際には羨望と嫉妬がない交ぜになり、気付けば理性ではなく激情のまま奪っていた。

本当は、あの夜そこまでするつもりは無かったにも拘らず。

諦め切っていてもお膳立てされた全てが面白く無く、いっそ全てをぶち壊してやろうかという目論見は、八重を目にした途端揺らいでいた。艶のある黒髪が背中を飾り、豊かな睫毛が大きな瞳を縁取っている。華やかさはないが、人知れずひっそり咲く花に似た可憐なたおやかさがあった。

本心を隠すのが下手なのか、八重の瞳には色んな感情が浮かぶ。だから彼女が自分に怯えながらも必死に対峙しようとしているのはすぐに伝わって来た。

惹きつけるられる。目も心も。

手に入れたいという渇望が胸を焦がす。

自分にはその権利があるはずだ。八重は当主である自分の為に存在する女なのだから。

だが同時に憎んできた全ての言いなりになるのが屈辱で仕方なかった。

このまま八重と契ってしまえば、喜ぶのは九鬼家の純血を妄信する年寄り共だけ。思い通りの傀儡《くぐつ》にはなるまいと誓い続けたものが無駄になる気がする。そんな機会は無いと何度思い知らされても、漆黒に染まり切らなかった己の一番柔らかな場所。それが潰《つい》える。

終わりを望んでいても、こんな形ではなく。ならばせいぜい脅して、八重の苦しむ姿を見れば気が晴れるかもしれない。そう言い訳して近付いたのが間違いだったのだ。

間近に感じる香りに脳髄が揺さぶられた。甘い花の芳香が鼻腔を満たし、酩酊感を誘う。女の身体を知らない訳ではないのに、予想以上に柔らかな肌に我を忘れた。

このまま貪ってしまえと言う声と思い留まれと言う声がひしめき合い、身体を引こうとしたのを押し戻したのは、八重の言葉。

『何も知らない』

どう言葉を取り繕ったところで、意味する事は同じだ。何も知らず、知ろうともせず、八重は生きて来た。

龍月とは全く重ならない別の世界で。

本当なら彼女かその兄弟が担うべき役割を自分に押し付け、それだけならまだしも、器としての役目も拒んで。自分を、拒絶して。

思考がドロリとした闇に沈み、奥底に沈殿していたはずの汚泥が俄かに舞い上がった。

自分だけの女。完全に己だけのもの。

やっと手に入れた所有物は、追い詰められた獲物のように必死に牙をむき、虚勢を張っていた。稚《いわけ》ない威嚇は微笑ましいだけだ。

ぬるま湯の世界で美しいものだけに囲まれて来たらしい八重をどう汚してやろうかと高ぶるのを押さえきれず、残忍な本性が目を覚ます。

――自分と同じ場所に引き摺り込んでやる。絶望に染め上げ、二度と這い上がれぬ様、貶めてやりたい。狂った熱に抗うことはできなかった。

か弱い女を組み敷く自分は腐臭を放つ醜い獣だ。どんな理由があったところで、その罪は消えやしない。嫌がる女を無理矢理手篭《てご》めにしたなど、許されるべきでは無いのだ。唾棄されて当然の下種。

だが、この九鬼家では別だ。

此処ではそんな世間一般の常識など紙屑程の意味も持たない。有るのは狂った強者の理論のみ。弱者の意見など、その存在も含め認められやしない。

家の為。一族の為。

個人など当主でさえも、ただの歯車でしか無い。この肥大し、それ自体意思を持つ様な『九鬼家』を存続繁栄させる道具に過ぎず、その為ならば禁忌も違法行為も何一つ足枷にはならない。

(俺もいつの間にか疑問さえ感じない程、壊れていたのか?)

行為の後押しをしたのは、憎しみと怒りだけではない事は薄々分かっていた。

――『あの秘密』を知られたくない。だから一刻も早く楔をうちこみ逃げられないようにしたかったのではないか。知られればきっと、八重はどんな手を使ってでも逃げて行く。当たり前の世界で、毒に冒される事なく生きて来た娘だ。悍《おぞ》ましい可能性に耐えられるはずが無い。一族の女であれば、名誉だ栄誉だと喜ぶに決まっているが、そんな素地を持たない八重では――

思い知らせてやりたい。いや、知られたくない。

千々に乱れた想いは、もうどちらが本心か分からない。

結論から言うならば、自分は結局九鬼の腐った血を引いていた。

何処までもこの泥の中で生きるより他無いらしい。いずれ窒息すると分かっていても。

ならば――引きずり込んでやりたい。同じ地獄まで。

当主と器は対になる存在だ。自分がこの闇でしか息を出来ないならば、頭上で輝く光は要らない。

同じ場所に。隣に居て欲しい。例え憎しみだけを向けられても。

情など望まない。煩わしい感情など必要無い。

身体だけ――それで充分だ。

嫌だと泣くならば閉じ込めて逃がさなければ良い。力で恐怖で快楽で雁字搦《がんじがら》めにしてしまえば、その内諦めるだろう。

その時こそ――八重は完全に自分だけのものになる。


八重の母親の墓を用意しようと考えたのは、単なる気まぐれだった。

彼女を連れ帰った男達が手にしていたのは八重の母、桜の骨壷。

流石に先代の影の花嫁の遺骨をぞんざいに扱う事は出来なかったらしい。

「面倒なものを」と感じたが、次の瞬間「利用出来る」と思い直した。

脅迫の道具としてでも、いたぶる材料としても使えそうだと、手元に置く事に決める。

案の定八重は母親の行方を案じ、事ある毎に聞いて来る。わざとはぐらかしてヤキモキさせてやれば、予想通りの反応を示す。

瞳いっぱいに湛えているのは、母親への思慕だけ。

初めはその様子に満足していたが、次第に苛立ちが勝って来た。

その眼に映すべきは自分のみであるはずだ。

あの潤んだ黒目には、自分だけが映っていれば良い。他人の名前など呼ぶ必要は無い。声を聞くのも触れるのも、自分一人で充分だ。

そうして全て奪い尽くせば清々すると思っていた。

だが何度汚しても、その脚に絡み付き深淵に引きずり込もうとしても、相変わらず光を失わない眩しい女。

自分とは違うのだと思い知らされる度、憎しみと同じだけの何かが湧き上がって来る。

正体が分からず名前の付けられないもの程気味の悪い物は無く、落ち着かない不快感が全身を支配した。

いつもの様に抱き潰して、涙の跡を残したまま意識を無くした八重の身体を軽く拭った。

千代に任せれば良いのだが何故か初めからその気にはなれず、白い肌に幾つも紅い華を散らせ色々な体液に汚れた八重の肌を自らの手で拭き清めていた。

たぶん、その哀れな様を堪能したいのだと思う。

汗で張り付いた髪を払ってやれば、目尻に溜まっていた涙がまた零れ落ちた。

手に入れた当初はそれで満足していたのに、どうしてかその夜は酷く苛立った。

泣き顔ばかり見せるのがその理由だ。理不尽にも、偶には別の表情を見せろと思う。

と言って、ならばどんな顔が見たいのかと問われれば言葉に詰まる。少なくとも媚びや怯えでは無い。

ふとまだ一度も目にした事が無い八重の笑顔とはどんな物かと興味が湧く。

想像しようとするが全く浮かばず、だが無性に気になって仕方ない。

そして見られないとなれば、強引にでも引き出したくなる。八重の全ては自分の支配下に有るべきで、知らぬものが残っているのは気に食わない。

しかしその術が分からなかった。

暫く考えた末、願いの一つも叶えてやれば良いのではないかと思い至った。

女は誰でも物を贈られれば単純に喜ぶ。だが八重に限ってはその範疇《はんちゅう》では無い。高価な着物も希少な装飾品もさして嬉しそうではなく興味を示さない。ならばどうすれば。

そんな時に思い付いたのが、何より八重が気に掛けている母親の件だった。

――そうだ。どうせなら一度飴をやり、その後で再び取り上げてやったら面白い。期待以上の顔が見られるかもしれないと思えば、気持ちが浮き立った。

決して、八重のためなどでは無い。今よりもっと絶望の淵に落とす布石に過ぎず、喜ばせたいのではないのだと、聞く者も居ないのに言い訳した。

憎しみに染まった八重の眼が、自分だけを見詰める日が来るのを思うだけで、漆黒の世界が色付き始めるのを感じていた。

だからだろうか、自分の意に背いて秋彦が八重に会いに行ったと知った瞬間、頭が沸騰するかと思う程煮えた。

あいつは自分と違って人当たりが良い。少し癖が有るけれど、常に笑顔でいつの間にか人の懐に入る才能が有る。

力はさほど強くないが、若手からは慕われ爺い共には重宝がられているのはその為だろう。

きっと自分より容易く八重の中に入り込む――

気付けば居並ぶ客を適当に切り上げ、喚く爺い共を一睨みで黙らせると足早に八重の部屋へと向かっていた。

(俺は何に腹を立てている？)

己の行為に自分自身が一番戸惑い、八重の部屋に続く襖の把手に掛けた手が動かない。

いつも通り押し開き、足を踏み入れれば良い。気遣う必要など無い。そう思うのに、躊躇う。

秋彦の戯けた軽口だけが漏れ聞こえ、尚更機会を失ってしまい阿呆の様に立ち尽くしていた。

(何を恐れる事が有る？　いや、そもそも恐れるとはどういう事だ？)

その時。

「ふふ……」

鈴を転がした様な笑い声だった。

秋彦の下品な冗談に過ぎない言葉に八重が笑っている。

——俺以外の男の前で。

ぐらりと床が歪む。襖一枚隔てた向こうで、彼女が微笑んでいるのか。自分が見た事も無いそれを、秋彦が見詰めていると？

それを想像すると、吐き気が込み上げ叫び出したい衝動に駆られた。

自分のもののはずだ。

その身体は勿論、存在そのものまで。声や髪の毛一本、零す涙でさえも。

心、以外は。

「……っ」

無意味だと切り捨てた物が、手を離れた瞬間価値ある物に見えるのはよく有る話だ。言ってみれば執着心に過ぎない。下らない思い込み。

これとて、そうに決まっている。

そう思うのに、面白くない。何故この女は自分をこんなにかき乱すのか。

苛立ちのまま八重の腕を引き外へ連れ出していた。

暫く陽の光を浴びなかった彼女の肌は、初めて出会った頃より尚更白く透明感を増していて、妖しい魅力を放っていた。それを秋彦も見たのだと思うと、再びざらつく想いが込み上げる。

少し距離を置いて後ろを歩く秋彦の気配だけを確認し、必死について来る八重に合わせて歩幅を調整した。

本音はあいつでさえ着いて来るなと言いたいが、安全面を考えれば仕方ない。

行き先を説明していないせいで不安そうに周囲を見回している八重だが、久し振りの外出と健康的な運動でほんのり赤くなった頬が生気に溢れている。

心なしか瞳も輝いていた。

薄暗い部屋の中で見る物より、何倍もおかしな威力を放ち目が惹きつけられそうになる。無理矢理視線を引き剝がす為、数歩前を歩いた。それでも耳が息遣いを捕らえて離さない。

八重の母親の墓は、昔から独りになりたい時に逃げ場所としていた見晴らしの良い丘の上に作った。屋敷から適度に近くて、かつ誰にも見向きもされない場所。

何か有れば直ぐに戻れるけれど静寂を味わうには充分なそこは、何度自分を慰めてくれた事か。

八重を閉じ込めている部屋からよく見えると知ってから、この場所に作ろうと密かに決めていた。

目には出来ても手の届かない場所に埋葬してしまえば傷付くかもしれないというあざとい計算があったのは確かだ。

しかし、利用しようという考えは喜色に満ちた八重の顔を見た瞬間霧散していた。

「あ……ありがとうございます……」

か細い声に胸が震えた。

嬉しそうに微笑む顔を直視する事は出来なくて横を向く。しかし横目で窺うと、目を閉じて手を合わせる八重が居た。

その横顔を盗み見る。

突然の事に戸惑ってはいるが、未だ彼女の口角は上がったまま。ふわりと温かくなるこれは何だ。自然こちらの頬も緩みそうになり、表情を引き締める。

混乱を抑えるために細く吐き出した息は、微かに震えていた。

そして燻《くすぶ》る苛立ちは、見当たらなくなっていた。

名残惜しそうに何度も母親の墓を振り返る八重を連れ、また来たければ自分に声を掛けろと告げた。言外に一緒でなければ認めないと含ませた訳だが、八重に不満の様子は見られず、素直にこくりと頷く。

その事に妙な疼きを覚える。

視界に入ると煩わしく思うのに、姿が見えなければ焦燥感が募る。

一度も味わった事の無い感覚で胸中が乱される。

支配欲や色欲を満たす為ではなく、八重に触れたいと思うこの気持ちはいったい何処から生まれ、何を意味しているのか。

例えば今なら、滲んだ汗を拭ってやりたい。柔らかそうな睫毛に絡む雫《しずく》へ口付けたい。

衝動に突き動かされるなど無様だ。自分の全てを制御出来無いなど虫唾が走る。

理解出来ないから、いっそ目を逸らしていた方が楽なのだ。
悟られないよう歯を噛み締め拳を握る。
吹き抜ける風が八重の髪を巻き上げるのを横目で見ていた。

六　千里眼

右腕から全身が炙《あぶ》られている様に熱く、鼓動と共に痛みが駆け抜ける。

その理由を思い出そうと試みたが、上手く思考が纏まらず龍月は諦めた。

お馴染みの悪夢の中、何度呼吸が止まったか分からない。

死んでも次の瞬間には再び水の中にいる。繰り返される拷問に心は擦り減り、早く目を覚ませと叫ぶが強固な繭《まゆ》はいつも容易くは破れず、夢と分かって尚龍月を苛む。

沈んで行く。水底へ。

伸ばしても届かない手を揺れる月に向かって差し出し、もう片方で残り少ない空気を零すまいと喉を抑えた。

熱い。痛みと熱が四肢に食らい付き、八つ裂きにせんとしている様だ。

（誰か……）

縋る相手など居ないはずが、脳裏に浮かんだのは泣き顔ばかり見ている一人の女。

充血した大きな瞳がもの言いたげに自分を見ている。

泣くなと言いたくて水面を目指し、最後の力を振り絞り息が尽きる直前に光が弾けた。

瞼を開けば、思った通り相変わらず涙を零している。真っ赤になった目を見開いて、八重が自分の顔を覗き込んでいた。

必死な様子に此方が驚いてしまう。

「怖い夢でも見たんですか？」

濡れた目をした八重の方が余程悪夢を見た後の様だ。

そんなに泣いてばかりでは乾涸《ひから》びてしまうのではないか。

朦朧とする意識の中、見慣れた自室である事に安堵していた。

鼓動と共に痛む右腕には白い包帯が巻かれている。何を大袈裟なとせせら笑うが鋭い痛みが走り、顔を顰めた。まさか毒まで持ち出すとは御苦労な事だ。些か甘く見ていたかもしれない。やはり下手な油断などするものでは無いという事か。

横を見れば八重以外に人はなく、隣に敷かれたもう一組の布団には寝乱れた様子もない。

——ずっとついていたのか？

苦しくて目覚めた時に、隣に他人がいるのは随分久し振りだ。幼い頃寝込んだ時でさえ、そんな手当は受けなかった。

少し冷たい八重の手が心地良く、もっと味わいたくて握り返す。振り払われないのを良い事に親指で撫で、滑らかな肌を味わった。

似つかわしくない安らいだ不思議な時間。

熱のせいで判断力が鈍っているだけ。でなければ、たぶん夢。悪夢以外を見るなど久しく記憶にないが、そう考えれば納得がいく。傷付け泣かせてばかりの女が、こんな風に自分を気遣うはずが無いのだから。

何か話さねば八重が離れてゆく気がし、独りよがりな自己満足に過ぎないが、せめて自分の事を語りたくなった。

まるで懺悔《ざんげ》だと思う。そんな事で許されるとは毛頭思ってもいないけれど、今話さなければ、金輪際伝える機会は失われる予感がする。

だから、思い出したくもない事から吐き出す事にした。

「俺の母親は、外から来た女だった……」

過去を話したのは、これが初めてだった。

話題など他のものでも構わないはずで、どうしてそんな話を語りたくなったのか理由は分からずとも、聞いてもらいたいという気持ちが先立つ。

所詮夢だと思っていたからかもしれない。

弱味を晒せば付け込まれ、足を掬われる。自分を未だ当主と認めない輩は虎子《こし》眈々《たんたん》と成り代わる機会を狙っており、亡き者にしようと手段を選ばない者も少なく無い。不本意ながら毒物に慣れたのはそれが理由だ。大方、合いの子である自分が気に入らないのだろう。

欲しいならば今直ぐにでもくれてやりたい役目だが、殺されるとなれば話は別だ。

この世に未練は無くとも、他人に奪われるのは我慢ならない。そうなるくらいならば、圧倒的な力の差で屈服させ恐怖で縛り上げてやる。そう心に刻み生きて来た。

安まらない精神はささくれ立ち、龍月を蝕んでいった。

愛情なんて知らない。与えられた事も抱いた事もない。善意も優しさも自分のものだと思えた事は数える程しかなく、それらを与えてくれた者達はすぐに目の前から消えていった。

たぶんこの九鬼家に馴染めなかったのだろう。言い換えれば、今此処に残って居るのは泥の中で生きられる闇に耐性の有る者だけ。

（お前は立ち去ったりしないよな？）

途切れ途切れに語る言葉に律儀に反応し、案の定泣いている顔を見て安心するのは何故だろうか。同じ顔に苛立ったり安堵したり。忙しい自分自身が理解出来ない。

こんな毒や傷程度に負けたと思いたく無いが、薬が効いてきたせいか眠くて仕方なく、思考は拡散し出した。普段はいくら睡眠薬を飲もうと殆ど効果はないのに。

傍らに有る存在が安らいだ空間を作るのか。

うとうとしだすと、すかさず眠る事を勧められる。本音はもう少しこの柔らかな時間を楽しみたかった。

目覚めれば、また自分に怯え拒絶する八重がいるだけだろう。

……もしもこのまま傍にいて欲しいと願ったら、叶えられるだろうか。試してみたいが口にする機会はきっとない。

もっとこうやって過ごしていたいと、この時間が終わってしまうことを寂しく思いつつも、落ちる瞼に逆らうことは出来なかった。

見守られて眠るのは、味わった事の無い安心感を龍月にもたらし、穏やかな眠気に誘われる。朝になって最初に目にするのが八重であったら良いと思いながら目を閉じた。


「身体を拭きますから、脱いでください」

絞った手拭いを手に、さも当然の顔をして小首を傾げる八重に絶句する。

いくら此方が怪我人とは言え、危機感や警戒心が足りないんじゃないか。相手はお前を襲った男だぞ――と、らしくもなく龍月は動揺した。

夢から目覚めてもおかしな状況は続いたままで、八重は甲斐甲斐しく世話を焼いて来る。それこそ他の女中を押し退け、自分がすると言って聞かない。全く訳が分からない。

「早くしてください。汗で冷えたら大変でしょう？」

「……そんな事は他の誰かに任せておけ」

そっぽを向けば、強引に袖を引かれ肩から着物を落とされた。

「何をする!?」

「ほら、この上風邪でもひいたらどうするんですか？」

まるで立場が逆転した様に脱げ、脱がないと攻防を繰り返すのは滑稽だ。

使命感に駆られた様な八重は扱い難く、昨日までの彼女とは明らかに違う。結局まだ体調が万全では無い龍月が押し切られ、肌を晒す事になった。

「……っ」

僅かに赤くなる八重を見て、今更照れるなと思う。此方が恥ずかしくなるではないか。幾ら身体を重ねていても、昼間の明るさの中じっくり目にするのは初めてだと思い出したのだろう。途端に挙動不審になり、慌てて湯を絞った布を握り締めている。

「あ、背中……背中拭きますね」

そう言った直後、息を呑む音が聞こえた。

「ああ……」

普段意識はしないが、龍月の背中には無数の傷が刻まれていた。幼い頃母親から受けた折檻《せっかん》の名残だ。

自分で見た事は無いし、傷跡を気にする感性も持ち合わせていないから放置していたが、八重には衝撃だったらしい。

医者や千代が言うには、みみず腫れや火傷、色の変わった箇所が有るそうだが、見目に拘《こだわ》る女でも無し構わない。

「気味が悪いだろう。大人しく誰かにやらせれば良い」

「い、いえ、すみません。驚いてしまって……」

震える手が背中に触れる。やはり嫌ならば無理する必要は無いと告げようとして振り返った。が、視界に映ったのは。

「何故また泣いている……」

透明な雫が大きな瞳から零れ落ち、頬から顎を伝い、ぽたりぽたりと落下して行く。

「すみません……」

「謝罪などいらない。理由を聞いているんだ」

苛立ちが声に滲んだのか、八重が身を竦ませた。それがまた面白くない。

「もういい、自分でやる。貸せ」

「い、いえっ、腕を怪我しているんだから無理をしないでください。私がしますっ」

頑なに言い、八重は濡れた布を握り締めた。沈黙が落ちる中、濯がれる水音だけが二人の間に横たわる。無言のまま背中を滑る温かい布の感触を味わう。

時折啜り上げる声が聞こえる事を除けば、静かな時間。気怠さが残っているが、穏やかな時に全身を浸していた。

「……今……お母様は？」

勘の良い女だ。昨晩の会話から傷の原因に思い至ったのか。

「とっくに死んでいる。俺が当主になる前年にはもう、呆気なく」

九鬼家当主の母になるのだと息巻いていたが、事故であっさりと逝った時には拍子抜けした。心の何処かで、殺されても死なない女だと思っていたから。

あんな親でも亡くせば喪失感を覚えるのかと思っていたが、実際抱いたのは解放感だけだった。

あの時は素直で正直な自分の感情に笑ってしまった。獣よりまだ劣る本性を。

「そうですか……」

会話は途切れ、八重の声も暗くなる。沈黙したまま肩や腕を拭いた後、濯いだ布を差し出して来た。

「あの、前は御自分で……」

「何だ、最後まではしないのか」

「し、しません！」

気紛れにからかうと、耳まで真っ赤に染めた八重が投げつける様に布を押しつけ、横を向いた。

涙の跡が残ってはいたが、もう泣いていない事に安堵する。

（安堵？　何故？）

「着替えは此処に用意して有ります。終わったら呼んでください」

そそくさと立ち上がり、部屋を出て行く後ろ姿を目で追った。

小柄で細く折れそうな肢体、艶やかな黒髪。白い肌。

その全てが自分を惹きつけて止まない。身体の相性が良いのは事実だ。だがそれだけなら、これ程拘る理由にはならない。ましてやその先を望むなど。

かったから。

「どうかしている……」

もやもやと巣食うこの感情の名前を、龍月は知らない。誰一人教えてくれる者は居な
かったから。

包帯と敷布を替えてしまえば八重にする事はもう殆ど無い。

容体は安定し、微熱は有るが医師からも後一日休めば大丈夫だろうと御墨付きを頂いた。

龍月としては血さえ止まれば治ったも同然なのだが、八重が涙ぐむ為大人しく横になっ
ているに過ぎない。

自室に帰れと何度も言ったが、断固として居座り続け、自然食事も一緒にとる。

本日も千代が運んで来た朝食を揃って食べていた。

そうなれば、ただたどしくも会話が生まれる。

「あの時の女中さんと仔猫は……どうなったのですか?」

聞き取れるギリギリの小さな声で問われ、逸らしていた視線を向けた。

心の奥底を覗き込む様な八重の瞳を、正面から受け止めるのは辛い。そんな事本人に告
げるつもりは毛頭無いが。

「まだ覚えていたのか」

「当たり前です。まさか本当に……」

「馬鹿馬鹿しい。今度洗い場でも覗いてみろ。おっちょこちょいな娘が働いているだろう。
猫ならば家で飼うよう連れ帰らせた」

別に八重の望みを叶えた訳では無い。何と無くに過ぎない。

身元のはっきりした者しか雇わない上厳しい職場だからか人が居着かず、前から人手不足という話も聞いていたし、徒《いたずら》に辞めさせる必要も無いと判断したからだ。粗忽者《そこつ》だが仕事には熱心だと女中頭も言っていた。

あからさまに肩の力を抜いた八重が顔を綻ばせる。

「ありがとうございます。約束……守ってくださったんですね」

ああそう言えばそんな取引だったかと思い返し、おかしな女だと改めて感じる。

あれだけの恥辱と屈辱を受け、それでも良かったと笑うのか。他人の為に。

「それから…その、あの女性は？」

「あの女性？」

気まずげに泳ぐ八重の視線を追えば、龍月の腕に巻かれた包帯に注がれていた。

「気になるのか？　まさか自分を殺《あや》めようとした相手にまで情けを掛けようとしているのか？」

「誰であれ、傷付くのも付けるのも、嫌なんです。怪我をした龍月さんには申し訳ないけれど……あまり酷い事はして欲しく無い……」

腕よりも胸に違和感が有る。

いつもこうだ。八重と居ると冷静で居られなくなる。

自分への心配とも取れる言葉に微かな動揺を覚えた。この女の思考回路が理解出来無い。

憎しみの対象に何故気を配る。悪意を向ける相手には、同じもので返すのが常識じゃないのか。

「……九鬼の所有する病院に入れた。地方で空気の良い場所だ。家族もその傍に住まわせる事になった」

以前ならば、何の迷いも無く親兄弟まで根絶やしにしていた。今回そこまでしなかった理由を秋彦も不審がっていたが、龍月自身にも上手く説明出来ない。

ただ、八重がまた泣くのだろうかと思うと憂鬱になったのだ。

「そうですか……良かった」

予想していたことだが、笑顔になるのを見て不思議な気持ちになった。八重の反応は予測し易いのに、その根拠は全く見えない。

「俺にはお前の考えが理解出来ない」

「私にも、貴方の考え方は理解出来ません」

怯えの消えた顔で箸を置いた八重は茶の準備を始めた。

普段龍月には身の回りの世話をする女中は勿論いるが、この数日はほぼ全て八重がこなしている。手際良く支度し龍月の前に差し出されたのは、濃さ温度共に好みの加減に淹《い》れられた緑茶。

「あの、九鬼家の力って具体的にどういうものなんですか？　以前秋彦さんに教えてもらいましたが、いまいち分からなくて……」

「……占い師みたいなものだ。普通は見えないものが見える。意識を研ぎ澄ませ対象に集中すれば、望むものが。人の本心や過去、未来でも。ただし万能ではないな。色々制約や条件が有る。対象が大きければ消耗が激しく、一日そう何度も使えるものでも無い。見えるだけだから、解釈によって意味を変える場合も有る。便利に思えてそうでもない厄介な力だ」

少なくとも、龍月の自身はこの力が有って良かったと思った事は一度も無い。

あまり愉快な話題では無いが、何とか自分と会話を続けようとする八重を見て気紛れが湧いた。

「気になるなら儀を執り行う場所を見せてやろうか？」

「え？」

「横になってばかりで退屈していたところだ。俺も気分転換に動きたい」

「待ってください！　傷に障ります……！」

制止する声を無視して向かった先は、八重に与えている部屋とは逆の方向。進む毎に暗さと静寂が増していった。

大股で歩く龍月を追い、辿り着いたそこは不思議な部屋だった。たとえるなら、巨大な箱。

三方向の壁を白い布で覆い、そこにはびっしりと文字が書かれている。何処が切れ目かも分からぬ言葉に埋め尽くされた異様な光景。天井からも幾筋もの同じ様な文句の書かれた布が垂れ下がっており、遠近感が狂わせられる。

御簾《みす》の様なそれらを掻き分けた先に、ぽつりと人ひとりが座る場所が有った。畳さえ張っていない板張りの床に。

他には何も無い。

出入り口はただ一つ。先程八重達が潜った小さな扉だけだ。光源は無い為、室内は酷く暗い。今は入り口を開け放っているから多少は光が入って来るが、閉じてしまえば漆黒の闇だろう。そんな中、たった独りで過ごすなど考えただけでゾッとする。

風も碌に入れ替えていないのか、空気はカビ臭く淀んでいた。

「……こんな、場所で？」

「依頼者は隣室で待つ事になる。この穴から声のみ遣り取りが許されるが、一度始まれば会話は出来来無い」

一枚の布の奥、壁に小さな虚《うろ》の様な穴がくり抜かれていた。覗いて見ても何も見えない。

「無駄だ。穴と言っても直接通じている訳じゃない。向こう側には覆いが被せてある」

ドカリと部屋の中心に座り、龍月は胡座《あぐら》をかいた。気怠げに前髪を掻き上げ八重を見る。

「満足か？」

「あ、と、その……」

具体的に何が見たいと思っていた訳でもないので、改めて聞かれると困ってしまう。取り敢えずの感想は、随分素っ気ない部屋だという事位か。

「面白くもないだろう。女が喜ぶ様な物でもないし」

(その言い方だとまるで私を楽しませようとしているみたい)

そう思って様子を窺うと、龍月も此方の反応を気にしている気がする。

そんなはずは無いと思っていても、妙に擽ったい気持ちになった。

「困ります、宇田嶋《うだじま》様！」

「煩い！　私は忙しいんだっ、それをわざわざ足を運んでやっているのに約束を取り付けねばならないだと？　馬鹿にするのも大概にしろっ！」

ドカドカと床を踏み抜く勢いで騒ぎが聞こえて来たのは、今まさに八重が覗き込んでいた穴からだった。

数人の足音と、怒鳴り合う男の声がする。どうやら中心に居るのは『宇田嶋』と呼ばれた声の大きな男で、それを諌《いさ》めようとしている様だ。

「私を誰だと思っている!?　たかが占い師が思い上がりおって！　他がどうだか知らないが、私を下らない連中と同じだと思って貰っては困る!!」

恥ずかし気も無く傲慢な台詞を吐きながら、隣室に辿り着いたらしい物音が聞こえる。

「何だ!?　誰も居ないではないか。話が違うぞ、此処でやるのではないのか!?」

「宇田嶋様、本日の儀は執り行っておりません。どうぞお引き取りください。託宣《たくせん》をお望みならば、約束を取り付け改めてお越しください」

「この私に向かって出直せだと……!?」

断固譲らぬ口調に宇田嶋の怒りは更に増して行った。鬱憤をぶつける様に怒鳴り散らしている。なまじ声量が大きいだけに、空気を震わせる迫力が有った。

「……最近急速に売り上げを伸ばしている宇田嶋紡績の長男か。親の脛《すね》を齧《かじ》るしか能のない、もっぱら次男と順番が入れ替われば良かったと言われている男だな」

八重の肩に手を置き、小声の囁きは吐息となって耳を擽った。

「……っ」

嫌悪からでは無く肌が粟立ったのを知られたくない。ゆっくり息を吐いて緊張を癒した。

「ごちゃごちゃ抜かさず、お前はとっとと当主とやらを呼んで来い！　下っ端ばかり居ても話にならんわっ!!」

「あそこまで傍若無人に振る舞えたら、人生さぞ楽だろうよ。いや、小心者故の虚勢かな？　大方実力不足とでも噂されて焦っているのか？」

なぁ？　とでも言いたげに背後から龍月が八重を覗き込む。意図せず密着した身体に心臓が早鐘を打つ。

「……あんな人が……人の上に立つなんて……」

自分も紡績工場で働いていた経験が有るだけに、あんな経営者は御免だと思う。現場とは直接の接点は無いだろうが、意向は反映されかねない。とすれば、さぞや働き難い職場だと想像出来た。

「九鬼の敷居を跨げる程の重要人物では無い。おそらく何処ぞで噂を聞き慌ててやって来たんだろう。そんな存在自分は知らなかったとな」

他者の迷惑も顧みず、自分の利益ばかりを主張する醜悪さ。その幼い精神性。どれ一つ取っても、尊敬出来るものが見当たらない。

未だぎゃあぎゃあと喚き続ける耳障りな声に辟易していると、間近に有る美貌が皮肉な笑みを浮かべた。

「面白い。どうせならば、もっと人の真実を見せてやろうか」

「え？」

「八重、お前は人の本質は善だと思うか？　悪だと思うか？」

隣室に聞こえぬ様に落とされた声量は直接耳に注ぎ込まれる毒薬だ。身体の自由を奪い脳を麻痺させる。距離をとりたくとも、壁と龍月に挟まれていては如何ともし難い。その上隣に気付かれてはならないと思えば、尚身動きは躊躇われた。

結果大人しく龍月の体温を感じる事になる。

「どちらが全て、という事は無いと思います……私は善も悪も根源は同じものだと思いますし、それは表裏一体で立ち位置により容易に入れ替わるものではないかと……」

「ふん、意外だな。お前ならば迷わず性善説を唱えると思ったぞ」

「……私はそんなに純粋ではありません。ただ、そうであれば良いとは思います」

馬鹿にされているのかと振り返ったが、龍月の目に嘲りの色は無かった。何だか拍子抜けしてしまう。彼の言いたい事が分からず、じっと見つめ返した。

「……そんな目で見るな。俺は間違い無く人の性根は腐っていると思っている。どれだけ美辞麗句を並べ立てていても、一皮剝けば皆同じ。ドロドロとした汚泥に満たされた泥人形だ。特にあの男は薄汚い虚栄心に溢れていそうだな。試してみようか？」

冷たい微笑を浮かべ八重の口を片手で封じると、龍月はおもむろに壁の向こうへ声を掛けた。

「おい、先程から何を騒いでいる？」

「あ、りゅ、龍月様？　そちらにいらっしゃるのですか。申し訳ありません、宇田嶋様がどうしても本日お会いしたいと……」

「噂はかねがね聞いているぞ！　何でも佐久間も世話になっているとか。これまで私に話が来なかったのは業腹《ごうはら》だが、水に流してやらん事もない」

あくまで自分の立場が上だと信じて疑わない様は滑稽ですら有る。自身にそこまでの価値は無いと判じられているとは夢にも思わぬらしい。

「おや、佐久間様の御紹介ですか」

「うむ、まぁな」

嘘をつけと言わんばかりに龍月は笑みを深くした。

頭の回転の速さと豊富な人脈で、瞬く間にこの国の中枢へと駆け上がった傑物《けつぶつ》が、こんな小物程度を相手にするはずが無い。偶々聞きかじった話に食いついて乗り込んで来たに過ぎないのだろう。

　九鬼家の力を知るのは権利者の中でも更に上層部に居る一部の者達だけだ。つまり接点があるというのがそのまま特権階級として認められた事になる。

　顧客として名を連ねるのは、どれも多方面での最重要人物ばかり。

　決してこんな風に怒鳴り込んで来る下品な輩は存在しない。

「では特別に見て差し上げましょう。どうぞお掛けください」

「しかし、龍月様……」

「俺が良いと言っている」

　特別扱いに満足したのか、途端に機嫌を持ち直した気配がした。見えない向こう側で慌ただしく人の動く物音がする。

「龍月さ……」

「静かに。本来此処は当主しか入れない。見つかれば摘み出されるぞ」

　それで八重がどう困る訳でもないが、龍月の大きな手で口を塞がれては素直に頷くよりほかない。小さな扉を閉めてしまえば、殆ど何も見えなくなる。立ち竦んで居ると、龍月が蝋燭に火を灯した。

　手招きで促され、部屋の中央へ移動する。白い布の海がぼんやり広がっていた。決して広くは無い部屋なのに、か細い明かりで照らされる範囲は狭く、四隅が闇に沈んだせいか無限に続く錯覚を得た。

「……お待たせ致しました、龍月様。こちら準備整いました」

「そうか。こちらも大丈夫だ」

互いの姿は見えないままの不思議な遣り取りは違和感が有ったが、此処ではそれが普通らしく龍月も当然の様に受け答えている。

「さぁ、早く始め給え」

「宇田嶋様、そんなに焦らなくても大丈夫ですよ。私は逃げませんから。それでは御質問をどうぞ」

聞いているだけなら丁寧な対応だが、当の本人は崩した胡座に皮肉な笑みを浮かべている。とても真剣とは思えぬ冷たい目をして。

八重は気が気ではなかった。声を聞く限りでも短気そうな宇田嶋が、いつ怒り出すかと心配で仕方ない。

幸い此方の様子に気付く事はない様で、勿体ぶった咳払いを二度三度したに過ぎなかった。

「実は間も無く爺いが死にそうでな。勢力図が大きく変わるのは避けられそうもない。私としては自分の不利益になる馬鹿共とは距離を置きたい訳だが、如何せん皆狸だから見極めが難しいのだ」

要約すれば、誰に取り入れば美味い汁を啜れるかという質問に他ならず、いくら言葉を飾っても燻る私欲を隠しきれてはいなかった。そして爺いとは宇田嶋の実の父親の事だ。

——自分の親が危ないのに、気にするのはそんな事なの……？

八重には経営者の考えは分からないし、色々な事情や立場が有るのも理解している。しかし嫌悪感が湧くのを抑える事は出来なかった。

「何としても弟には負けられないのだ！　私を支える者達の為にも、必ず勝たねばならない。いっそあいつを亡き者にする方法はないか？　私には嫌疑が決して掛からぬやり方で」

まるで天気の話をする様に簡単に人の生死を平気で口にする神経を疑う。さも人の為と口にしながら、自身の保身しか考えていないのが丸見えな底の浅さに吐き気さえ覚える。

——こんな風に思ってはいけないのだろうけれど……不愉快だわ。

「成る程、よく分かりますよ。微力ながらお手伝いさせて頂きます」

「りゅ……っ」

まさか本気でその弟とやらを殺す算段を立てるのかと驚いて振り仰いだが、龍月は目を細めて八重の言葉を遮った。

「ですが私は貴方の言う通り占い師風情ですので、他者を呪い殺すような真似は出来かねます。代わりに弟さんや他の方々の弱味を握るというのは如何ですか？」

「おお！　それは悪く無いな！　では早速ちゃっちゃと調べてくれ！」

「はい。それでは相手の名前、生年月日、姿形を説明して頂けますか？　他にも住所や家族構成、趣味や特技も教えて頂きたい。可能であれば写真など有ると尚良いですね」

「な、何だと？　そんなもの知っているはずがないだろうっ」

それらが本当に必要なものかどうかは知らないが、完全にからかっているのは確かだと思う。蔑んだ顔を隠そうともせず、小さく鼻を鳴らしていた。

「それは困りましたね……では分かる事だけでも結構ですよ。精度は下がりますがね。何せ万能な奇跡とは違いますから」

明らかに挑発するつもりの嫌味だ。しかし伝わらなければ意味がない。残念ながら、宇田嶋には欠片も通じなかった。

「ま、待て！　おい加賀《かが》っ貴様それぐらい知っていないのか!?」

「そ、そんな……泰次郎《やすじろう》様の事くらいでしたら……」

泰次郎――と言うのが噂の弟らしい。呼び掛けられた秘書の男が、慌てふためいて鞄を漁る音がする。

どういうつもりかと龍月に視線で問えば、軽く眉を上げていなされた。もう少し待て、とでも言いたいのか。

「あ、あ、お待たせ致しました、申し上げます。えー……宇田嶋泰次郎三十六歳、八月十七日生まれの……」

折角の情報を龍月は詰まらなそうに聞いていた。やはりただの嫌がらせだったのか、と思い始めた時、不意に彼の表情が消えた。続いて瞳が半眼になる。

「……っ」

名前を呼ぼうとして、止めた。声を掛けてはいけないのだと、本能が理解する。

静まり返った室内は、布が音を吸収するのか痛い程の静寂に満たされた。

隣室から聞こえていた物音も、今は途絶えた。いや、しているのだが、心にまで届かない。宇田嶋の濁声も気弱そうな秘書の声も、ただの言葉の羅列と化す。

違う理に支配された空間は、完全に外部と切り離される。力を持たない八重にも、何かが変わった事が分かった。

龍月の目は開いていたが、何も見てはいない。少なくとも、八重と同じ物は何一つ。

収縮した空気が龍月を中心に凝縮して行く。深みを増した沈黙が、唐突に弾けた。

「……女が見える。最近流行りの髪型をし、綺麗な顔をしている。とても親密な様子で腕を絡めて……細君か？　……いや、違う。別の女だ……」

「妾か!?　何処の誰だ!?」

鼻息荒く勢い込む宇田嶋を諌める声が聞こえたが、そんな事はどうでも良い。

初めて目にする龍月の姿に釘付けになっていた。圧倒的な存在感から目が離せない。

恐怖では無い。勿論興味本位とも違う。生者の気配を失った龍月は精緻な人形そのものだった。神仏を象った神々しささえ感じられる。

気を抜けば、あちら側へ消えてしまいそうな浮遊感。

そろりと手を伸ばし、着物の端を僅かに摑んだ。その理由は分からなかったけれど。八重の動きには無反応のまま、龍月は更に望洋《ぼうよう》とした視線でこの世の物では無い何かを見ていた。

「礼儀作法が身に付いている、上流階級の女だ。年齢は三十代前半か。色白で睫毛の長い……」

「では何処ぞの細君である可能性が高いな!? これは両方にとって痛手となる」

ぐふぐふと下卑た笑いが止まらない宇田嶋は早く名前を明かせと要求した。それを隣に控える九鬼の者に「お静かに」と戒められたが、「煩い!」と一喝し、下手をすれば壁を破らんばかりに叩く。その勢いに八重は後退った。

「おい！ 勿体ぶらずに早く名前を言え！ 金なら言い値で払ってやる！」

「おやめください宇田嶋様、当主の集中を途切れさせないで頂きたいっ！」

こんな自分勝手な男に好き勝手されては、会社も危ういだろうと他人事ながら心配になる。そこで働いているだろう人々を思うと胸が痛い。

「背丈は普通、ああ、胸元に二つ並んでほくろがある。其処に口付けるのが最近のお気に入りらしい」

「……な、に？」

「相手の亭主が不在の時は頻繁に会う。既に五年にわたる関係。逢瀬は主に相手の家。趣味の悪い黄金の置物を嘲笑いながら、夫婦の寝台で睦み合うのが最高に盛り上がる」

「ま、待て。黄金の置物とは……」

始まれば会話は出来ないというのは、龍月に外部の物音が認識出来なくなるという事だったらしい。

　すっかり自己の中に埋没した意識は既に此処に無い。

　今や部屋全体が異界で有り、龍月はそこに完全に同化していた。

「若い頃にした怪我の後遺症で片脚が僅かに不自由。日常生活には支障は無いが、走る事は困難。家柄も容姿も良かったが、中々結婚出来なかったのはそれが原因の一つ。経済的に困窮したのを救って貰う条件として今の亭主に嫁いだが、夫婦仲は最初から冷め切っている。思わず優しくしてくれる義弟と男女の中になったか」

「や、やめろやめろっ！　ど、どういうつもりだ!?」

　ガタリと何かがひっくり返る物音は、椅子でも倒れた音か。次いで地団駄を踏む様な振動まで伝わって来る。

「日々の食事に少しずつ毒を混ぜ、一日でも早く亭主が死ぬのを待っている。最近手足の痺れを感じているらしいから、そう遠くない内に……」

「っヒィ……ッ！」

　豚の鳴き声じみた悲鳴が上がり、秘書らしき男が慌てふためくのが聞こえる。呆然としていると、龍月が肩を震わせた。

「龍月さん……？」

「……ほら、人の本性などこんなものだ」

焦点の合っていなかった龍月の瞳は、いつの間にかいつも通りの黒い光を取り戻していた。表情も先程までのぼんやりとしたものではなく、底意地の悪い笑みを浮かべている。パチリと泡が弾ける様に重い緊張感は消えた。何事も無かった様に、日常の空気が横たわる。

眼前には蝋燭の火に照らされた白い布が有るだけだった。

「それは私の……っ、私の女房ではないか!? ひ、人を馬鹿にしているのか!?」

「……私は見えるものを口にするだけです。どう解釈するかはそちら次第だ」

龍月の額には薄っすら汗が浮いていた。漸く人に戻った頬には僅かに赤味が差している。まだ本調子ではないのだから無理をしたに違いない。

「ふ、不愉快だ！ 私は帰る！」

「そうですか。どうぞお気を付けて。おい、外まで送って差し上げろ」

完全に外向けの態度を排除した龍月は冷たく言い放った。塩を撒けと言いかねない声音に流石の宇田嶋も黙りこくる。

「さ、宇田嶋様……こちらに」

当主の不機嫌を敏感に感じ取ったのか慌てた声が聞こえ、逃げる様に立ち去る足音が響く。その後には、再び静寂が訪れた。

残されたのは苦い思いだけ。胸に重くのし掛かる不快感が黒く凝る。

こんな酷い世界ばかり見て来たのかと複雑な思いで乱され、息苦しくなる。

「大なり小なり、人間などこんなものだ」

　嘲笑う横顔は何処か傷付いて見えた。


「見ない、という選択肢も有るんですか？」

　何故か泣きそうな顔で、俯いたまま八重が呟く。

　この世の醜さを突き付けてやりたかったはずなのに、いざとなると動揺している自分が居る。黙りこくった八重を連れ部屋に戻ったが、刺激が強かったのか明らかに意気消沈していた。宇田嶋程度など小者に過ぎず、内容的にも詰まらぬ痴話喧嘩の延長であったのに、八重には衝撃的だったらしい。

「……まあ」

　力を行使しようとしなければ、普通の人間と同じだ。何も変わらない。

　それが許されるかどうかは別にして。

　龍月は役目として以外は一切力を使おうとは思わない。だから当初、八重を探すのも乗り気ではまかった。普通見えないものを無理矢理覗くなど、浅ましい行為に過ぎない。秘密を漁る下種な行いだ。死体に群がる禿鷹《はげたか》と等しい。

　何より、見え過ぎて良い事などこの世に一つもないではないか。

　その内の一つは言わずもがな、八重の本心だ。自分を憎んでいるに違いないものを、わざわざ覗こうとは欠片も思わない。

「良かった。見たくないものならば、目を閉じている事も出来るんですね」

今まで力を使う事を要求されて来た。自身もそれが当然だと思い込んでいる。だから見なくても良いという八重の価値観はあまりに新鮮だった。それこそ、龍月の根底を覆す程。

「傷が癒えたら……またあの丘に連れていって頂けますか？」

泣き笑いの様に睫毛を震わせる八重に曖昧に頷く。

彼女は常に自分の知らない風を運んで来る。それは甘美な禁断の果実。一度でも味わえば、更なる刺激を求めたくなる。

危険だ、と思った。目を逸らし続けたものをいつか突き付けられるかもしれない。

それでも離そうとは決して思わなかった。

七　泡沫の夢

龍月が一族に八重をお披露目すると言いだしたのはひょっとして自分の為だろうかと八重の胸は高鳴った。

都合良く解釈しているだけでも今は良い。彼の隣に居る事を認められた様で純粋に嬉しい。居場所が出来るのは安心感をもたらす。

それに、母の親類縁者に会えるかもという淡い期待もあった。昔の話などを聞ける可能性に思いを馳せ、気分が高揚する。

不安と同じだけ心待ちにする八重が居た。

襖を取り払った広い部屋、雛祭りの人形の様に座らせられた二人の前にずらりと左右二列になって沢山の男が向かい合い座っている。

上座近くには年老いた者が多く、末席に向かうに連れ若い者が混じる。秋彦はかなり後方に座っているのが見えた。

無意識に龍月の袂《たもと》を握ると、振り返った彼が微かに笑った。不思議に冷えていた指先に体温が戻り、心が凪ぐ。

「皆知っての通りこの度、器の選定と契りの儀が完了した。これにより、俺の影の花嫁は隣に居る八重に決まった。今後それが覆る事は無いし、他に女を娶ることもしない」

龍月の声は特別大きくはなかったが、水を打ったように静まり返った室内を遠くまで響き渡る。

口を挟むのを許さぬ雰囲気の中で空気だけがざわめいた。

「もしも八重を害する者があれば、それは当主である俺に牙を剝いたと同義であると捉えよ」

数人の男が不自然に目を逸らし、わざとらしい咳払いを繰り返す。

それらを睥睨《へいげい》しつつ「言いたい事がある者は述べるが良い」とは、事実上反論を認めないという意思表示だ。不満気な者も揃って口を噤んでいる。

そんな中でも空気を読まない猛者はいるもので、上座近くに座した小柄な老人が卑屈な笑い声を上げた。

「やれやれ、随分誑《たぶら》かされたものじゃのう。此度の器は相当の遣り手と見える」

「何？」

「いやなに、まるで骨抜きにされている様に見えましてなぁ。まあ、龍月様もまだ二十七歳。おなごに翻弄されても仕方ない若さですな」

あからさまな挑発に、俄《にわ》かに場が緊張する。とばっちりを食っては敵わぬと距離を開ける者まで居た。

「どういう意味だ？」

「こう申しては何ですが、桜どのは誉れある九鬼を逃げ出した裏切者。その娘をやすやすと信じるなど愚の骨頂ではありませんか？　まして何処の馬の骨の種かも分からぬ……」

「總一郎《そういちろう》さん、その言い方はあまりにも」

遮った者とて、八重を庇った訳では決して無い。あくまで龍月の逆鱗に触れる事を恐れただけか、此処で胡麻をすり覚えをめでたくしようと計算が働いたに過ぎない。

その証拠に口元には下卑た笑いが貼り付いている。

「おやおや、お前達も疑っているだろうに。そんな瑕《きず》のある女が本当に器としての義務を果たせるかどうかを」

値踏みする視線が身体を舐め回し、八重は嫌悪感でいっぱいになり身を強張らせた。

集中する目に、友好的なものは一つも無かった。

彼等にとって、自分の価値は『優秀な子供を産めるかどうか』の一点に掛かっており、むしろそこでしか評価され無いのだと思い知る。

鉛を飲んだ様な重さが胃の腑を襲った。

「確かに……先代のお子かどうかも分からんしな。夫がありながら出奔する奔放な女ではなぁ、龍月様さえ承諾してくだされば、直ぐに調べられるものを」

「もしも無関係の男が父親だとすれば、いくら選定の儀で選ばれたとしても……なぁ？」

「容姿は母親にさほど似ていないが、中身はそっくりかもしれないぞ」

釣られてポツリポツリと不満が漏れ出した。どれも狐か狸の様相をした一癖も二癖もある老人共だ。

明け透けな言葉に八重は絶句していた。

自分だけならばまだ良い。しかし母について貶められるのは我慢ならない。この中にはきっと母に近しかった者もいるだろうに。そう思えば悔しさもひとしおで、拳を握り締めずにいられない。

一言、何か言ってやりたいのに、渇いた喉が張り付いて言葉が出ない。悪意に塗れた視線の砲火に手足が震えていた。

「成る程。不服なのは今発言した者達だけか？」

目を閉じていた龍月がゆっくり男達を見回した。その声音に怒りがないのを感じ取った者達は更に勢い付く。

「今ならまだ間に合いますぞ！」

「いや、それはそれとしてもう数人妾を迎えられては如何か？　効率良く可能性は高めた方が」

「ならば是非うちの娘を。何なら姉妹揃ってでも構いませんぞ」

聞くに耐えない案が飛び交い、吐き気を催す。

婚姻も娘も出世の道具であり、当の女達でさえ疑問を感じない環境。全ては九鬼という家の為に、都合よく利用される。

気分が悪くなり、下を向いた。淀んだ空気が重くのし掛かって来る。

(これが私の親戚かもしれない人達――同じ血の、流れる人……)

「ならばお前達は俺の意に背くという事だな」

不意に温度をなくした声が場を支配した。調子良く語っていた者も凍った様に口を閉ざす。

「そういうつもりでは……」

歯切れ悪くもごもご呟き、不安気に顔を見合わせ味方を探す様に互いを伺った。

「別に構わんぞ？　正直に言えば良い。年で激務に耐えられぬと言うなら、引退して空気の良い場所への移居も認めるが？」

つい先日、全くその通りに中枢から外された長老の一人を知っているだけに、現実感の有る台詞は彼等を戦《おのの》かせた。慌てて自分は違うと主張し始める。

「浅はかな思い付きでしたな。軽い冗談ですよ」

「そうそう、例えばの事です」

「全く總一郎さんは人が悪い」

呆れる変わり身の早さで笑い合う男達のなんと醜悪な事か。保身や欲だけが目的なのかと言ってやりたくなってしまう。

「そうか。ではこれで話は終わりだ。八重、何か言ってやりたい事は有るか？」

「……有りません」

むしろ一刻も早く此処から立ち去りたい。母が一度も家族を懐かしまなかった理由を垣間見た気がする。

「だそうだ。慈悲深い花嫁で良かったな、感謝するが良い」

駄目押しに発せられた言葉が止めとなった。訳せば、八重の温情により見逃してやるという事だ。

牽制し合う男達は最早何も言わない。精々子供染みた不機嫌さを表すだけ。

少なからず失望した八重は、龍月に促されるまま立ち上がった。

攫われた直後にこれに晒されていたら、尚更精神が追い詰められ壊れていたかもしれない。もしやあの隔離は自分を守る意味も有ったのだろうか。龍月の背中に視線だけで問い掛けるが、当然答えなど返される訳も無い。

微妙な空気になった部屋を出て、無言のまま二人廊下を進んだ。今日の集まりがどれだけの意味を持つのか正確には分からない。しかし僅かとは言え期待していただけに、はぐらかされた様な落胆が重い。

「……気にするな」

聞き逃しかねない小さな呟きは、前を向いたまま発せられた。

もう一度言って欲しかったが、その気が無いのは分かっている。

「……はい」

前を歩く床に写る影にそっと手を重ねていた。

「龍月様、四条家《しじょう》のお嬢様がいらしています」

終わるのを待ち構えていた様に、今日も変わらぬ無表情の千代が二人を足留めした。

「何？　そんな予定は無かったはずだぞ」

眉を寄せた龍月は面倒臭そうに前髪を掻き上げる。

「龍月様が倒れられたと知り、御見舞いにいらしたと仰っています」

「それを外部に漏らした覚えは無いがな。また何処ぞの爺いが余計な事をしでかしたか。うっとうしい。やはり僻地《へきち》に追いやってやろうか」

(四条家のお嬢様……？)

気になるが、出しゃばり「誰ですか」などと聞くのは躊躇われた。もしかしたら、龍月の力を必要とする依頼者かもしれない。ならば自分が口出す領分では無い。

だが好奇心は抑え切れず、じっと視線で問うてしまった。

「……萩《はぎ》の間にお通ししておけ」

「畏《かしこ》まりました。お食事は御一緒にされますね？」

「どうせそのおつもりだろう。八重、一人で部屋に戻れるな？　何か有れば人を呼べ。俺は今夜戻れそうに無い」

こちらの返事も聞かずそそくさと踵を返す後ろ姿が、何故か酷く寂しい。

与えられている部屋まであと数歩に過ぎないが、果てしなく遠く思えた。一人ぼっちの心細さをひしひしと感じる。ついさっきまでと打って変わった静寂が肌を刺す。

「……四条家のお嬢様って誰ですか？」

聞けなかった疑問が今なら簡単に出て来るのに。

最近は食事を共にとるのは当たり前になりつつあった。来客があれば仕方ないと分かっていても、胸にわだかまるこの不快感は何だ。

夜も戻れぬとは、それ程大事なお客様という事か。

もやもやした気分を変えたくて、敢えて遠回りして戻る事に決めた。庭へ降り、少しだけ胸の空気を変えてから部屋に帰ろう。

置かれた草履を拝借して土を踏みしめれば、手入れの行き届いた庭が見渡せる。

惜しみなく腕の良い庭師を雇っている為、いつ見ても美しく整えられている。広大な敷地だから、一人や二人ではないはずだ。

その事一つ取っても、この家の権勢が知れるというもの。

緑の香りを深く吸い込めば、体内から清浄になれる気がする。溜まった澱を吐き出す為深呼吸を繰り返した。

その時、木々の間に赤い着物が過ぎるのが見えた。

歳の頃は十代半ば。まだ幼さを残し、少女と呼ぶに相応しい。小柄で佇む様は小動物を思わせるが、目の下の泣きぼくろが不釣り合いな色香を醸してもいる。

身に付けた着物は一見して値が張ると分かる代物で、立ち居振る舞いからも並の令嬢ではないと知れた。

この家で若い女性の来客は珍しい。全く無い訳ではないが、大抵は他人に知られる事を嫌がり、秘密裏に訪れるらしい。

だから彼女は特に目立っていた。

無意識に目で追っていると相手も視線に気付いたのか、ちらりとこちらを向いた。

目が合った瞬間確信する。

四条家のお嬢様とはあの少女の事だ。

ほんの暫く見詰め合ったあと、何かに納得したように少女は微笑み、その時だけ不思議と大人びて見えた。先に頭を下げたのは彼女の方だった。優美な動作で腰を折り、深々としたお辞儀は非常に様になっている。そんな正式な礼儀など知らない八重は驚いてしまい、慌てて無様な礼を返すのが精一杯だった。

（年下の子相手に情けない……っ）

顔から火が出そうな羞恥から立ち直った八重が頭を上げる頃には、少女は連れに促され踵《きびす》を返すところだった。

残されたのは、言い表し難いわだかまり。

（あんな年若い子が龍月さんにいったい何の用なんだろう？）

吹き抜ける風がヒヤリと冷たくなった気がした。

音も無く開かれた襖は、眠る相手を気遣う様にゆっくり閉じられた。

真夜中、抱き締められる感覚に目が覚める。

背後から腹辺りに回された腕が優しく拘束し、項《うなじ》に温かな呼気が掛かった。

「……ん……？」

「ああ……すまない、起こしたか？」

他者の温度を背中に感じ、眠りの狭間を漂っていた八重の意識が浮上する。それを機に更に後方へ引き寄せられた。

後頭部に当たる胸が呼吸と共に穏やかに動いていた。

「龍月……さん？」

未だ半分以上夢を彷徨う八重は、ぼんやりと視線を巡らせた。その先に見慣れた顔を見つけ、ほっと息をつく。

「お帰りなさい」

「……ああ」

そんな遣り取りを自然に交わす様になって日が浅いが、二人にはそれが当然の様に思えた。ずっと以前から続けられて来た習慣の様に錯覚する。

「まだ夜明けまでは時間が有る。眠れ」

「はい……」

しかし先程までの眠気は遠退いてしまい、むしろ冴えた頭が昼間のしこりを思い出させる。

（あの女性は帰られたんですか？）

「随分……遅くまで掛かったんですね……」

「ああ……客を送った後、先方と話し込んでいたからな……」

どんな話をこんな刻限まで？　という台詞が喉元近くにせり上がったが、呼吸と共に吐き出した。

（嫉妬？　まさか）

甘い枷である腕の中で態勢を変え、八重は龍月と向かい合う形になり、じっと瞳を覗き込んだ。

夜の闇の中でさえ、黒曜石の様な瞳は美しく光る。顔を近付けねば互いの表情もはっきりとは見えないが、今は逆にそれが嬉しい。もし明るい中でなら、恥ずかしくてこの距離で見詰め合うなど不可能だ。そして横たわる汚い感情に気付かれたくない。

「どうした？」

いつに無い八重の様子が不可解だったのか、龍月が眉根を寄せた。

「何でも……」

問い掛けたい。でも彼の口から直接聞かされるのは怖かった。

ほんの少し前の自分からは考えられない想いが渦巻いている。

きっとこの感情は一時的なもので、熱病にうかされているのと同じ。逃げられないならば、少しでも居心地の良い巣を作ろうとする、自分の狡《ずる》さだ。

整理出来ない心の中を誤魔化したくて、硬い胸板に頬を擦り付けた。伸ばした腕を引き締まった腰へ絡める。

そうしていると龍月の心音が聞き取れ、気持ちが落ち着いて来る。

「爺い共の言う事なら気にするな。耄碌《もうろく》した戯言だと聞き流せ。誰一人、お前を傷付けさせたりしない」

(それは私が貴方の所有物だから?)

そう問い返すことはせず、代わりに回した腕に力を込める。隙間なくぴったりくっ付いて、今は誰より近くに居る事を確認した。人肌が安心をもたらすなど、これまで知らなかった。

「……っ、そんなに張り付くな」

何処か無愛想な声で言われ、身体を引き剥がされそうになる。忍び込んだ外気が切なく、慌ててしがみ付いた。

「いい加減にしろ。誘っているのかと勘違いされても仕方ないぞ」

はしたないと言われた様で、八重の顔に朱が散った。そういうつもりでは無かったが、確かに言われてみればその通りだ。

「あ、その……ごめんなさい」

「やはり無自覚か。質《たち》が悪いな」

怒ってはいないが溜め息交じりに言われ、八重は身を縮こまらせずにいられなかった。

「ご、ごめんなさい」

「謝るな。別に責めている訳じゃない。だがそうだな……もし悪いと思っているなら、責任を取って貰おうか」

熱い光を宿した瞳に射すくめられ、ずくりと子宮が疼くのが分かる。慣らされた身体は、期待から勝手に熱を上げた。

龍月が傷を負って以来そういう行為は一切無く、それ以前の頻度を思えば随分久し振りだ。まだ何もされていないにも拘らず、中心部が潤むのを感じる。

初めてを奪われて以来、これ程長い間龍月を受け入れなかった日はなく、知らぬ内に欲求が募っていたらしい。淫らに過ぎると思いながらも、自覚してしまった飢えは無視出来ない。

「八重……抱きたい。良いか？」

「そんな事……初めて聞かれました」

いつも問答無用で、此方の都合などお構いなしの癖に。

「一方的なものじゃなくて……お前に受け入れて欲しいと思ったんだ」

願うように告げられ、嬉しくない女など居るだろうか。声や視線、態度の全てから慈しむ感情が伝わって来て胸が苦しくなる。

欲しいと望まれる快感に八重は酔った。

そこに有るのが純粋な愛情ではなくても、少なくとも負の感情ではない。

「優しく……してくれますか？」

「ああ。この上なく大切に扱う」

その言葉通り、そっと手を重ねられた。温かな熱が浸透して来る。

心地良さにうっとり目を細め、初々しい恋人同士の様に口付けを交わす。角度を変え、啄ばむ軽い接吻。やがて深くなるそれへ、おずおずと舌を差し出す。

肉厚で柔らかいものがもつれ、唇を甘噛みされた。

「……ん、ふ……っ」

肌を晒す面積が増える度そこにも口付け、時折吸い付き痕を残される。擽ったさと幸福感がない交ぜになり、くすくすと笑いが止まらない。

八重も龍月の鎖骨付近に唇を落としたが、彼がする様には上手く花は咲かなかった。それが不満で、今度は強めに吸い付く。

すると微かに声を漏らしたのが可愛くて、更に続けようとすると甘やかな反撃を受けた。弱い乳首には直接触れず、その周りを舌でつつかれ掬い上げる様に揉まれる。

「……ぁ」

激しさはないが、互いの形を確かめ合う如く弄り合い、目が合う都度どちらからともなく口づけを繰り返す。唇が腫れてしまうかと心配になる程、何度も。

龍月は八重の長い髪を一房掬い、甘い香りを堪能する様に鼻を埋めた。さらりと零れ落ちる感触が心地好い。

やがて余計なものは全て脱ぎ去って裸になり、ぴったり抱き合えば一つの生命体になった心地がする。境目をなくし体温を共有して、このまま同じものになれる気がした。

「あったかい……」

「ああ……」

どうしてか泣きたくなる。

悲しい訳では決してない。むしろこの上なく満たされている。

滑らかな胸に頬を寄せ龍月の心音を聞いていると、眠気に誘われてしまいそうだ。このままで充分過ぎる程満足していた。

「でも、このままじゃ俺は辛い。お前の中に入りたい」

耳元で囁かれ、背筋に甘い痺れが湧き上がった。奥底から溢れ出るものを感じ、思わず脚を擦り合わせてしまう。

「私も……龍月さんが、欲しいです……」

真っ赤になりつつ強請れば、驚きに目を見開いた後、破顔する龍月が居た。

「それは凄い誘い文句だ。なら、もっと求めてくれ」

恥ずかしさを堪え、促されるまま自ら脚を開く。その淫らな行為にごくりと喉を鳴らす音が聞こえた。

潤んでいるのは瞳だけでは無い。身体も既に準備は出来ている。期待に染まり、ひくつきながら虚を埋めてくれるものを待ち望んでいた。

勿論何でも良い訳では無い。

八重を開いたもの。馴染んだ形を求めて狂おしく震える。

八重から零れた蜜を纏わせ、龍月のものが胎内への入り口をなぞる。敏感な芽を掠める度、新たな快楽の証しが滲み出た。

「お前は甘い匂いがする。日向に咲く花の香りだ」

「……あ、あっ」

濡れた音を奏でながら焦らしているのかと思うもどかしさで、ゆっくり硬いものに押し開かれた。粘膜の擦れる感覚に魂ごと持って行かれそうになる。

細胞の一つひとつが喜びもっともっとと奥へ誘い、それでも尚足りないと柔らかくさざめいていた。

「温かいな……」

先程の八重と同じ台詞を吐き、龍月は欲を孕んだ息をつく。

腰骨から昇る快楽は今までに無い満足感をもたらし、ずっとこうしていたいと埒も無い考えが浮かんで苦笑した。何から何まで、らしくない。

「……ぁっ、あ……龍月さ……っ」

手を握ってくれと伸ばされるのを請われるまま握り返し、一度引いた腰を再び奥まで突き込んだ。

「はぁ……ッ！」

眉根を寄せ身悶える八重は美しいと思う。男に抱かれ、その色香は花開いた。促したのが自分だと思うと、堪らない愉悦が込み上げる。

「……気持ち良いか？」

「あ、ぅ……き、気持ち、ぃ……っ」

耳まで赤く染め、こくこく頷きながら龍月の腰に脚を絡ませる痴態に、更に煽られる。拙い動きで身体をくねらせ、自ら貪欲に快楽を求めている事には気付いていないのか。

望み通りのものを与えてやろうと、八重の悦ぶ場所を中心に掻き混ぜた。

「ああ……んぁっ、ひゃあぁッ」

いつも以上に溢れる蜜が尻を伝い、敷布の色を変えて行く。まるで洪水の様な場所は、ひっきりなしに淫靡な音を立て続ける。

離れないでと強請る八重の脚を腰から解き、肩に担いだ。そのまま上体を倒せば二つ折りになった身体は無防備に結合部を晒し、限界まで龍月を受け入れる。

「ぁ……かは……っ」

「苦しいか？」

「んん……っ、大丈夫、です……っ」

実際苦痛と言うよりは、強過ぎる快楽に翻弄されている様だ。

汗で張り付いた髪を払ってやり、涙も拭ってやる。

「ずっと傍に居ると誓うか」

横柄な問い掛けは言葉の荒さとは裏腹に、祈りに似た響きが込められていた。

飛んでしまいそうな意識の中で八重は必死にその意味を捉えようと頭を働かせるが、纏まり掛ける度ぐちゅんと奥を突かれ振り出しに戻ってしまった。

「あっ、んぁっ、待っ……ああッ、やぁっあ、あっ」

自分で問い掛けておきながら、龍月は八重の回答を望んでいないらしい。答える隙も無い程揺さぶられ、硬い物が蜜を掻き出しながら往復する。

「……っあッ、ぁっ、奥ぅ……ッ」

「随分慣れたな。深く突かれて喜ぶなんて……くッ、そんなに締めるな……っ」

「ん、な……っ、分からな……っ、あぁん！」

幾度も押し上げられ、何度精を受けたか知れない。

そして八重が達した回数はその比では無い。狭い肉道を蹂躙《じゅうりん》する硬い物が敏感な場所を掠め、奥を抉る。「もう許して」と懇願したがぐちゅぐちゅと掻き回される度、淫猥な嬌声を上げていた。

声が枯れるまで鳴かされ、意識を手放したのはいつ頃か覚えてはいなかったが、一度も感じた事の無い幸福感に満たされていた。穏やかに日常を共に過ごしていれば。今直ぐは難しくとも、こうして温かな情交を重ねて行けば。

いつかは全てを受け入れられるかもしれない。

この腕の中を居場所として生きられる予感がする。

「決して離れるな……俺の、隣に居ろ」

「……はい」

言葉は命令でも、込められたものは祈りだ。

手を握り合ったまま、眠りに落ちる。胸中を満たすのは緩やかな満足感。

ただ一片の気掛かりを残して。

八　禁忌

父親の顔を見てみたいという思いは以前からあった。

語りたがらなかった母の胸中を思えば、積極的に探るのは躊躇われたが、顔くらいは知っても罰はあたらないと思う。

その日はどうしても会わねばならぬ相手が有ると龍月は八重を残して外出してしまった。仕事ならば仕方ない。が、本来ならば母の墓参りに連れて行ってくれる約束になっていた。次の機会にと諦めたが、少しだけ残念だ。

気持ちを切り替え、屋敷の中を探索する事に決めた。

主に龍月の部屋で過ごすようになってから、監視の目が緩んだ気がする。この一帯自体が厳しい警備の下に有るから、必要ないのかもしれないが。

襖を開く度現れる部屋は、どれも似た様な造りで、殆どの部屋は使われていないのか、掃除はされていても閑散とした雰囲気で物寂しい。そもそも龍月の部屋自体眠るだけが目的の様な素っ気なさだ。掛軸や花もない殺風景で余所余所しい様は、彼そのものの様だと思う。

飽き始めた頃辿り着いたその部屋には、歴代の当主の写真が飾ってあった。随分古いものから最近のものまで。皆厳しい顔をして此方を睨み付けている。順番に見上げながら、思い付いた可能性に高鳴る胸を抑えられない。

一番左端に掛かっているのは、おそらく。

いよいよ最後の一枚まで数え上げ、息を詰めゆっくりと視線を移した。

「……この人が……？」

一見して自分に似ているとは思えなかった。

細い顎と切れ長の瞳は神経質さと冷たさを感じさせる。高い鼻梁に薄い唇。飛び抜けて美しいが、人形の様な容姿は何処かで見覚えが有る。自分よりもむしろ……

「龍月、さん？」

瓜二つ、という程二人は似通っていた。あと数年すれば、写真の中の男そのものに変わるのではないかという位。

「え……どういう事？」

同じ一族の男だから、共通点が有っても不思議ではないのかもしれない。しかしあまりにも似過ぎている。

「あ？　ついに見ちゃったね。でも割ともった方かな？」

呆然と見上げていたが、のんびり聞こえた声に八重は振り返った。

壁に凭《もた》れて立った秋彦が、腕を組んで此方を見ている。その目には同情とも嘲りとも取れる色が浮かんでいた。

「此処に掛かっているこの人は、先代の当主の写真ですよね？　私の父親の……」

「ん、そうだね」

「では何故、龍月さんにこれ程似ているんですか……？」

正直似ていると言うより生き写しだ。……そして多分自分はその答えに気付いている。

声が上擦り、頭の中では聞くなと叫ぶ誰かが居る。大切なものを失いたくないなら、耳を塞いで眼を瞑れと。

八重の薄い覚悟を見極める様に秋彦の目が細められた。

「……それは先代当主が龍月の父親でもあるからだね」

「……!?」

「前に言ったでしょ？　代々の当主は影の花嫁と正妻をそれぞれもうけたって。先代にも、桜さんの他に表の妻が居たんだよ。それが龍月の母親」

ぐらりと脚の力が抜けた。

今秋彦は何と言った……？　聞き間違いでないならば、その意味するところは――

「つまり君達は異母兄妹って事になるね」

「嘘……っ!!」

裏返った声は自分のものとは思えなかった。いや、全てに現実感がない。駆け巡る鼓動は、幼い頃全力疾走した時よりも暴れ狂っている。

もしもそれが真実ならば、自分はずっと実の兄と……

「やっ……嫌あああっ……!!」

突き付けられた残酷な事実に気が狂いそうになった。

「大丈夫、世の中がどうだか知らないけど、此処……九鬼家では大した問題じゃないよ？　勿論龍月だって承知の上さ」

「……え……？」

いつも通りの秋彦の笑顔が怖かった。どうしてそんな風に笑えるのか。無邪気に頭を撫でられても、安まるものなど有りはしない。

「嘘……嘘だと言ってくださいっ……そんなの……！」

身体の震えが止まらない。生まれたての仔馬の様に膝が崩れそう。

昨夜もこの身に彼を受け入れてしまった。それも自ら進んで。

ならば既に罪は確定している。畜生にも尚劣る大きな罪悪が。

「信じられないなら龍月本人に確認してみたら良い。……ああ、丁度良かった。聞いてた？」

自分ではない第三者に語り掛ける秋彦に釣られそちらを見れば、青褪めた龍月が立っていた。霞んだ視界では、はっきりとした表情は捉えられない。

「お帰りなさい。早かったね？　もっと遅くなると思ってたよ。そうそう、流石に誤魔化しきれないかな、と思ったから話したよ。お前いつまでたってもぐずぐずしてるし。どうせいずれはバレる事だ。構わないだろ？」

「……出て行け」

低い地の底を這う様な声だった。

そこに何らかの感情を読み取るのは難しい。俯いた顔を青味を帯びた黒髪が隠す。

「はいはい。言い辛そうだから俺が代わったんだけどね。余計なお世話だった？　後は任せるわ」

いつかの再現の様に龍月の脇を秋彦が通り抜けた。違うのは、沈黙の重さだ。

今や立ってもいられなくなった八重は、座り込んだまま縋る様に数え切れない程自分を抱き続けた男を見詰めた。

「何かの間違いですよね？　そんな……私達が兄妹だなんて……」

息が苦しい。動揺が激し過ぎて視点も定まらない。

途切れそうになる意識を留める為、手の甲に爪を立てる。その際、手首に巻かれた腕輪が禍々しく光った。

相変わらず黙ったままの龍月に這って近付き、願いを込め暗い瞳を見上げる。

無表情だった口の端が僅かに上がった。

（……良かった。やっぱり質の悪い嘘なんだわ……）

「だったら何だと言うんだ？」

「え？」

優しい笑顔だった。余計なものを削ぎ落とした様な純粋なもの。

しかし、黒曜石の瞳は一切笑っていない。

「この家では血の濃さが尊《たっと》ばれる。その為の影の花嫁だ。ならば、兄妹であることは尚好都合だというものじゃないか？」

頭を全力で殴られたのかと思った。

耳鳴りが酷く、何処までが外界の音なのか分からない。声か雑音かさえ判別出来ない。

吐き気が込み上げ、寒いのに全身から汗が噴き出し震えが止まらない。

はふはふと必死に呼吸しているのに少しも肺を満たしてくれず、足りない酸素のせいできちんとものが考えられない。

「なぁ八重、もう手遅れなんだよ。何度身体を重ねた？　どれだけ俺の精を飲み下した？お前の此処には俺の子が既に居るかもしれない。今更全て無かった事になどならないんだ」

美しい鬼が居た。

笑顔で人を喰らう鬼。

魂さえ飲み込み尽くす悪鬼の首魁《しゅかい》。

官能的な細い指が八重の髪に触れた。

「……ひっ」

「……逃がさない。お前は俺のものだ」

後退ろうとした身体はそのまま畳に押し倒された。

慣れた重みと香りが覆い被さってきて、両手の自由を奪われる。視界には出会った頃と同じ表情を失った美丈夫が居た。

「嫌、やめっ……」

「昨夜は自分から求めて来ただろう？　たった一日で随分な変わり様だ。それとも拒む振りで誘っているのか？」

冷たい声と言葉。分かり合えたと感じたのは、独りよがりな思い込みだったのか。

涙腺が緩み、涙で視界が霞んだ。

「……っ、泣くな！」

びくりと強張った瞬間唇を塞がれていた。息つく暇もなく激しく舌を絡められる。

「……ん、ふぁ……っ」

苦しいと肩を叩いても口づけは深くなるばかり。首を振って逃れようとしたが、顎を押さえられてはどうしようもない。

翻弄されている内に、こじ開けられた脚の間に指が捻じ込まれ、まだ少しも潤んでいない場所に痛みが走った。

「んんッ……、龍っ……」

やめてと静止する言葉は、全て飲み込まれた。拒絶や否定を口にしようとする度、荒々しく嚙み付かれる。

最初の時より尚酷く手荒にされている気がした。これに比べれば、あの時はまだ丁寧に愛撫され解された様に思う。当時は混乱と恐怖でそんな余裕は無かったが、今思えば身体は大切に扱われていた。勿論それ以外の夜も。昨晩も。

なのに今は明るい日差しの中、おざなりに開かれ受け入れさせられようとしている。惨めだと思った。それだけの価値しか無いのだと突き付けられている様だ。

所詮は道具。求められているのは、子供を産む為の健康な肉体だけ。

心が急速に冷えて行き、それでも快楽を知った身体は熱く反応する。

龍月の指の動きに伴い、ぐちゃぐちゃと水音を立て始めた我が身が呪わしい。

「何処にも行かせない。一生俺の傍に居て貰う。憎みたいなら、憎め」

「…ぁっ、あーーッ」

大きく脚を広げられ、一気に奥まで犯された。あまりの衝撃に呼吸も止まる。

みっしりと埋め込まれた存在感の大きさに、息苦しさとそれ以上の疼きが湧き上がる。

拒否する心を裏切って、八重の内壁は嬉しそうに龍月を締め付けた。

「……っ、何だ、挿れただけで逝ったか?」

「は、ぅ……違……」

びくびくと内側が痙攣しているのが分かる。まだ動かされてもいないのに、精を搾り取ろうとする様に蠢いていた。

「嘘をつくな。こんなに赤く腫らしておいて」

「あぁっ」

零れ落ちた乳房の頂を弾かれ、背が仰け反る。悲鳴の様な嬌声が漏れた。

「そんなに大きな声で鳴いていたら、何事かと人が来るぞ？　秋彦が戻って来るかもしれない。それとも見られる方が好きか？」

「あっ、あんッ……やぁ……っ！」

白い足袋《たび》に包まれた足が担ぎ上げられ、龍月の肩の向こうで踊っている。

乱暴に腰を叩きつけられたせいで、畳に擦れる背中が痛い。だがそんな憂いも圧倒的な悦びの前に押し流されて行く。

「あっ、あっ、ああっ」

「離れて行く位なら壊してやる。子供さえ産めれば良いんだ。いっそ脚を折ってやろうか？　ああでもそれじゃ母親の墓に行かれなくなるな。なら眼を潰すか？」

信じられない恐ろしい事を言われ、顔が引きつるのが分かった。

「俺以外を見る目は要らないが、同じ物を見なくなったら詰まらないな。なら……声を潰そうか？」

「……ぁはァ……ッ、あ、あんっ……あぁッ……」

「……鳴き声も聞けなくなるのは嫌だな」

首筋に歯を立てられ、強く乳房を揉まれた。本来ならどちらも痛みを感じる強さだったが、直ぐに痺れる様な快感に変わる。

「ふぁっ、ん、……あぅッ……」

「痛い位の方が好きか？　もうすっかり奥が感じるらしいしな。ならこれからはそうしよう。逃げようなんて気が起きない様に滅茶苦茶にしてやる」

「あ、あんっ、違う……話、話聞いてくださ……っ」

ぐりっと最奥を突かれ、白い閃光が弾けた。突っ張った手脚が一気に弛緩する。

「ああァーーッ……ぁ、ぁ……」

腹部が不規則に痙攣し、膣内に収められた未だ萎えない龍月を締め付けた。尋常でない倦怠感に襲われ、自然に瞼が落ちてきてしまう。

「……っ、おい、まさかこれで終わりだなんて思ってはいないな？」

「……ぇ？」

力の抜け切った腕を引かれ、強引に身体を起こされたかと思えば、胡座をかいた龍月の脚の上に向かい合う形で座っていた。

無論体内には彼が突き刺さったまま。萎えないどころか、更に硬度と質量が増している。

「ひゃあんっ」

かつてない場所が擦られ、涙が散った。自重で深々と貫かれ、子宮の入り口をこじ開けられる。達したばかりで敏感なそこには強過ぎる刺激だ。動かされてもいないのに、八重はびくびくと細かく痙攣を繰り返した。

「……ぁ、あ、……」

口の端から唾液が零れても拭う余裕さえなく、必死に龍月の首にしがみ付く。少しでも身体を浮かそうとするが、がっしり腰を掴まれ許されない。

大きく張った部分が、容赦無く狭い場所を押し広げる。

「……八重、」

密着し過ぎたせいで彼がどんな表情をしていたかは知らない。しかし名前を呼ぶ声だけはとても優しかった。

「や、いやぁ……龍月さ……駄目ぇ……」

こんなのは間違っている。血のつながった兄妹でこのようなことをするなど許されるものじゃない。

万が一子供が生まれたらどう育てれば良いのか。

幸せになどなれるはずもない――

「……まだそんな口がきけるのか。なら、遠慮する必要はないな」

「ぅあっ!?」

尻を掴まれ、持ち上げられたかと思えば落とされた。同時に下から乱暴に突き上げられる。

ずぐっといやらしい音を立て、脳天に突き抜ける様な衝撃が走った。

「ひ、ゃあああッ、あっ、んあっ」

龍月の動きに合わせ身体が跳ね踊り、振り落とされまいとしがみ付く事しか出来ない。

柔らかな二つの膨らみを押し付けているなど忘れて、目の前にある頭を両腕で抱え込んでいた。

「あっ、あんっ……ああッ、嫌ぁ……っ、またっ、またいっちゃ……!!」

絶頂に向かい速度が上がる。

流れ落ちた蜜が畳まで濡らしていき、いつもの様に龍月の精を受け取ろうと膣内が歓喜に震えた。

それだけは避けねばと逃れる為に足掻いたが、腰が抜けてしまったのか立ち上がれない。

その間にも陰核が擦られ、堪らない快楽が湧き上がる。

「駄目っ、お願……や、抜いてぇ……!? あ、あああッ」

「……っ」

大きく二度、三度と痙攣し、喉を晒して後ろに倒れそうになった。

おそらく龍月にきつく抱き締められていなければ、そうなっていただろう。

胎内に熱い飛沫が弾けるのを感じる。

満たされる感覚がどうしようもなく気持ち良い。最後の一滴まで搾り取ろうと別の意思を持った様に蠕動《ぜんどう》している。

「……ふ、ぁ、あ……」

ぐったりとした身体を畳に転がされ、龍月のものが引き抜かれた。

白く濁った糸を引きながら抜け出て行くものに喪失感を覚える。そんな自分はきっと狂っていると思う。

「八重、お前はこの闇で生きていくんだ。俺と一緒に……」

顔を近付け、口付けしないのが不思議な距離で見つめ合う。

互いに瞳に映る自分自身を見ていた。龍月の中から逆さまに八重を見返すのは、淫らな姿を晒したみっともない女だ。惚《ほう》けた顔でだらしなく寝そべっている。

「お前程条件に合う都合の良い女は居ない。俺が持たない純粋な血筋。それを得れば、一度は逸れた流れを正しい形に戻す事が出来る。実の妹である事がお前の最大の価値だ。むしろそれ以外に何も無い。血の濃さが、より九鬼の力を強めてくれるだろうよ。……だから、俺の子を産むのはお前以外あり得無い」

酷い事をされたのは、自分の方のはずだ。傷付けられ、色々なものを奪われた。

今も残酷な言葉で切り裂かれている。

――なのに何故、貴方が辛そうな顔をするの……

くしゃりと顔を歪ませて、何かに耐える様に拳を握り締めている。

じっと見つめ返すと、何事かを呟き眼を逸らされてしまった。

……本当は優しい人だと知っている。

不器用で、愛情の示し方が分からない可哀想な人だと。

気付いてしまったら、憎み切れなくなっていた。

今直ぐは無理でも、時間を掛け共に積み重ねて行けば許し受け入れられるとも思った。

いつかは、心から愛する事だって出来るかもしれないと。

――でもそれ自体が禁忌だったなんて。

だったら自分は何を求め信じていけば良いのか、もう分からない。

「何処にも行かせない。絶対に手放したりしない。八重、諦めろ」

ぽたりと落ちてきたのは汗か、それとも別の何かか。

絡みつく闇に引き摺られ泥の中に沈んで行く八重には、確かめる術は無かった。


昼も夜も瞬昧になる爛《ただ》れた数日が過ぎた。その間の八重の記憶は酷くぼんやりとしている。

「どちらに行かれますか？　八重様」

厠《かわや》に行こうとすると、何処からともなく千代が現れる。その先にも此方を伺う目が幾つも見えた。

「……御不浄です」

日に何度こんな会話が繰り返されるのか。

厳しさを増した監視の中、その想いは日々強くなって行く。

――逃げなければ。

急がないと間に合わなくなってしまう。こうしている内にも新たな命が宿っているかもしれないと考えると、脚が竦む程恐ろしい。

それ以上に、もう龍月を苦しめたくなかった。

初めてこの屋敷に囚われた頃より尚執拗に陵辱され、夜通し貪られ続けた身体は起き上がるのも億劫だった。昼間は殆ど横になっているだけ。

だから八重に出来るのは考える事のみ。龍月の真意を。悪夢から抜け出す方法を。

真実を知った八重を龍月は手酷く犯した後、兄妹なのは都合が良いと嘯《うそぶ》き笑ったが、その後身体を重ねる度苦しそうに目を逸らす。

拒む八重の腕を拘束してまで行為に及ぼうとする癖に、決して殴るなどの暴力は加えず、快楽で絡め取る。

それはまるで、八重の身体に龍月自身を刻み込もうとする様に思えた。

そして昨晩――

夜半に意識が浮上した八重は、優しく髪を撫でる手に気がついた。

縺れた毛先を丁寧に解しながら、幾度もすくい上げては口づける。夢か現かも分からぬ狭間の中で飽きる事なく繰り返される愛撫。

気持ちが良くてもっとと強請りそうになった所に届いたのは、微かな呟きだった。

「……感情なんて……必要無い……」

聞き慣れた低い声は間違いなく彼のもの。押し殺し、苦渋に満ちたそれは八重の胸を軋ませた。

目を開けてその姿を見たいのに、涙で腫れた瞼は一向に上がらず、睫毛を震わせる事もできやしない。

「お前は俺の傍にさえ居れば良い。……それ以外は何も望まない」

――――心は無価値だと言いながら、何故そんなに辛そうな声を出すの？

「今更元の生活に戻れるなんて思ってはいまいな？　兄妹で交わっておいて外の世界で普通に生きられるとでも？　お前はもう此処でしか生きられないんだよ。俺と共に地獄へ堕ちるより他に道は無いんだ」

独白の後、狂った様な嗤いが響いた。ひとしきり哄笑《こうしょう》し、尻窄《しりすぼ》みに静寂へ溶けてゆく。

そして、きつく腕が絡み付いてきた。震える腕が、八重を逃がすまいと拘束する。

「……何処にも行かせない。絶対に」

龍月の悲痛な叫びに八重の眦《まなじり》から涙が零れた。

自分が傍に居るから、彼は執着するのだ。

目の前から消えれば、また以前の様にあらゆる事に無関心な、良く言えば冷静、悪く言うなら冷めた人に戻ると思う。

それが良い事なのか悪い事なのかは分からないけれど。

余計な罪は重ねて欲しく無い、それが望みだ。この家がどれ程腐った論理で支配されているか知りたくもないが、八重の常識では兄妹で番うなどあり得ない。

しかし龍月は勿論、他の者も誰一人疑問を持っておらず、皆知っていてこの状況を推し進めたのだ。

あの顔見せの日、彼等は八重が当主の血を引いていなかったら意味が無いという趣旨の事を言っていた。つまり兄妹と承知の上、そこにこそ価値を見出していた事になる。

禁忌を犯すのが自分達だけならまだ良い。けれどそれは子供達に血の呪いを掛ける。

いずれ己の出生を知ったら？

近親婚は重大な障害を引き起こす可能性があると聞いた事もある。

何より怖いのは、その子もまた九鬼の毒に染まる事だ。

二日前、月の物が来た時には心底安堵した。母の死後以来不規則だったのが幸いしたのかもしれない。後数日はこれを理由に龍月を拒む事が出来る。しかしその後は……

「お母さん……」

今なら母の気持ちが良く分かる。きっと自分を守る為、此処から逃げ出したのだ。我が子を当主にも、影の花嫁にもせず極普通に育てる為に。恐らくは命を掛けて。

このままいけば、遠からず八重と龍月の間には禁忌の子供が生まれるだろう。そうなれば、もう誰も救われない。

龍月はきっと苦しむ。その自覚が無かったとしても、奥深い場所から蝕まれ、いずれ禁断の罪に喰い殺されてしまう。

――それだけは、絶対に嫌――

手首に巻かれた珠をそっと撫で、必死に頭を巡らせる。何か方法があるはずだ。ただ逃げても、きっと直ぐ連れ戻されてしまう。母がした様にこれを外し、姿をくらませる術がきっと有る。

でも生まれた時から此処で育った母と違い、自分には圧倒的に知識や情報が少ない。調べようにも人に聞く事はおろか、書物を漁るのでさえ難しい。

ではどうすれば。

「軟禁生活に逆戻りだねぇ、八重ちゃん」

むしろ監禁生活か、と面白くもない冗談を吐いたのは秋彦だ。

「……見張りに来たんですか？」

「いや？　あいつ君に男なんて近付けないもん。ただの様子見。あーあ、窶《やっ》れちゃってまぁ可哀想に。ちゃんと食べてるの？」

答える気にもなれない。あの日以来、水分以外は殆ど口にしていない。

食欲が無いのは勿論だが、どうにも喉を通らないのだ。まるで身体が拒絶する様に。

「拗ねないでよ。俺だって多少は同情してるんだから」

だからと言って何をしてくれる気も無いでしょう、とは流石に言わなかった。下手に発言して警戒されては厄介だ。秋彦は九鬼の人間なのだから。

「取り敢えず今夜は安心してゆっくり寝てよ。四条家のお嬢様がいらしてるから、あいつが君の所に来る事は無いいし」

「四条……？」

「知らなかったっけ？　龍月の許嫁《いいなずけ》。表の花嫁さ」

さも当たり前の如く言われ、八重の世界が揺らいだ。

「い、いなずけ……？」

「そう。当主は二人の妻を娶るのが慣例だから」

確かに何度も聞いていた。

強い力を持つ跡取りを産む為の影の花嫁と、外部との強固な繋がりを得る為の表の正妻。

当主を中央に挟み両極に座る二人の女。

いつか向き合わねばならぬと予想はしていたが、実際にその存在について聞かされるとぐらりと世界が歪んだ。

彼が、自分以外の女を隣に置くなど――

「如何にもな箱入り娘だけどね、自分の立場を良く分かってる適度に頭の悪い女さ。御し易いという意味では都合が良いかな。無駄に自分の意思とか持ってるよりは、可愛いと言えるかも」

「まだ若くて背の低い……泣きぼくろのある方ですか？」

沈澱していた記憶が浮き上がった。木々の間に見えた赤い着物の女性。

顔は正直よく覚えていない。小動物の様な印象だけが、残っていた。

「あ、お会いした事あった？　まだ子供っぽさが抜けてないから、龍月も扱いに困ってるんだよねぇ」

キリキリと胸が軋む。その痛み故に気付いてしまった。

――あの人が好き、と。

これ以上傍にいれば、龍月は更に罪を重ねていく。自覚のないまま苦しみつつ、悍ましい禁忌に染まってしまう。

「龍月さん……っ」

やっと自然に笑ってくれる様になったのに、この数日は初めて出会った頃より尚酷く冷たい表情をしている。

ほとんど眠らず食事もとらず、このままでは近いうちに身体を壊してしまうのは目に見えているだろう。その前に精神が死んでしまうかもしれない。

溢れる涙が止まらない。最近ずっと泣いてばかりだ。抉られた胸が血を流して叫んでいる。

大切なのに、自分の存在は龍月を苦しめるだけ。

「……ねぇ、此処から逃がしてあげようか？」

「……？」

涙でぐちゃぐちゃの顔を上げると、珍しく真剣な表情の秋彦が居た。

「流石に可哀想になった。普通の世界で生きて来たんだもんね。いきなりこの家の常識に飛び込めって方が無理だ。八重ちゃんが本気で望むなら……手助けしてあげるよ」

縋り付いてしまいたい。差し出されるその手に。

でも。

「……嘘。秋彦さんは私の為になんて九鬼を裏切ったりしないわ」

いくら軽薄を装っていても、笑顔の裏で冷静に物事を判断している事位気付いている。

「……ふ。八重ちゃんのそういう頭の良いところ、嫌いじゃないよ。確かに君の為だけが理由じゃない。本音は龍月の為かな。最近のあいつは一つの事しか目に入らなくて、自分を見失っている。その気持ちも分からなくはないけどね……初めて手にした宝物に夢中になってるんだろうな。今まで『自分のもの』と思える何かを与えられた事が無いからさ。奪われまいと必死なんだ。それを守る為なら、どんな事だって簡単に出来る。俺もそうだから、良く分かるよ。今のところまだ仕事に支障が出る程じゃないけど、このままじゃ時間の問題だね。九鬼の当主として、それは相応しくない。……正直、距離を置いた方が良いと思う。ねぇ、八重ちゃん。あいつの為にも消えてくれないかな？　出来るだけの事はしてあげるからさ」

「どうやって？　貴方達には不思議な力があるんでしょう？」

失せ物探しは得意だと言ったではないか。存在するかどうかも知れない八重を見事見付け出し、連れ去る事の出来る一族だ。簡単にいかない事位子供にだって分かる。

「方法は有るよ。何事にも抜け道ってのは有るんだよ。実際、君のお母さんもとった方法さ」

いつもの笑みを浮かべた秋彦が一歩近づいて来た。それだけで妙な息苦しさを感じる。

「昔からあいつの役に立ちたくて、あらゆる文献を読み漁った。古い家に相応しく蔵書数だけは豊富にあったしね。何が役立つかなんて分からないから、もう本当片っ端から。そしたら探せばあるもんなんだねぇ。禁書扱いになってはいたけど、ちゃんと書かれていた。腕輪を外す方法も千里眼を曇らせる方法もね」

口車に乗る、というのはこんな感覚なのだろうか。秋彦の言葉全てを信じる訳ではないが、八重に選択肢など存在しない。

「本当に……何とかしてくれるのですか……？」

「勿論。その後の生活も援助するよ」

大きく息を吸い目を閉じる。

「――――心が決まったって顔だね」

「……どうすればいいですか？」

無意識に触れた右腕に巻かれた珠は、ヒヤリと冷たかった。

秋彦が用意した女中服を身に纏い、千代に勘付かれぬよう布団を工作した。丸めた衣類をさも人が寝ているかの如く仕込み、頭となる部分には切り落とした髪を僅かに覗かせる。おかげで長かった髪は肩にも付かなくなった。

急に首筋が寒くなり違和感が拭えないけれど、軽くなった頭はこれからの未来を示す様で心強い。稚拙な工作も、全ての灯りを消した暗闇の中でなら誤魔化せるはずだ。

一晩で良い。朝になれば、自分はもう消えている。たった一晩気付かれなければそれで良いのだ。

これからする事を思うと、息が苦しくなる程緊張する。短くなった髪が肩の上で揺れていた。無事やり通せるかどうか自信はないが、もう決めたのだ。この、閉じられた世界から出て行く。

間もなく指定された時刻になる。八重は短い時を過ごした部屋を振り返った。

緩みそうになる涙腺を叱咤して、おもむろに立ち上がる。未練たらしく迷う気持ちを無理矢理飲み込み、秋彦から渡された紙を開いた。

『少し痛いと思うけど、我慢出来るよね？』

そう言いながら差し出されたものは女中服以外にもう一つあり、厳重に包まれた布の中にそれは有った。

装飾を削ぎ落とした実用一辺倒の小刀。小振りながら、研ぎ澄まされた刃は鋭くずしりとした重みを感じる。

何度も紙に書かれた問言を確認し、深呼吸する事で息を整え、刃先を人差し指へ当てた。

悠長に迷う時間はない。分かっているが、躊躇う。

「……っ、」

大した力を込める事なく、痛みと共に赤い玉が生まれた。幾筋もの朱色の線を描き腕を伝い落ちる。

おかしな話だが、それを見ていると落ち着く自分がいた。

――良かった。まだ私は赤い血が流れてる人間なんだ……

感傷に浸りそうになるのを更に深く指を傷付ける事で押し留め、滴る血を珠へ塗り付けた。一粒ずつ万遍なく赤に染めて行く。

もう痛みは気にならない。それより本当にこれで大丈夫かと不安だらけだ。

しかし信じるよりほか無い。秋彦に教わった通り、自身の血で全ての珠を洗う。

鉄錆の臭いに気分が悪くなった頃、今度はそれを用意しておいた水で濯《すす》いだ。

透明な液体の中を赤い膜が広がり踊る様に形を変え、全体を薄く色付けながら次第に同化していくのを目を凝らして見詰め続けた。

月明かりだけが差し込む部屋でも、その変化は一目瞭然だった。

漆黒だった珠は少しも濁りのない無色透明へと姿を変え、ぴったり手首に張り付いていた物が嘘の様に抜け落ちた。

ぽちゃん、と呆気ない音を立て水中に沈む珠の連。まるで龍月との繋がりが切れる事の象徴の様だ。

圧迫感の消えた安堵と、こんなにも簡単にと恨めしく思う矛盾。

未だ出血の止まらぬ切り口を舐め、心の傷も目に見えれば手当ては簡単なのにと思わずにはいられなかった。

龍月が負っている傷も、出来れば自分が癒してあげたかった。しかしそれは叶わぬ願いだ。自分が傍にいることで龍月は余計に苦しむのだから。

秋彦の指示に従い、汚れた水は庭に捨てる。原理など分からないが、これで選定は無に還るらしい。随分血生臭い方法だが、同時にこの家に似つかわしいとも感じた。

静謐《せいひつ》な水晶に戻った腕輪を文机の上に置き、最後に、夜に沈んだ刻限では見る事は叶わないけれど、母の墓が有る方向へ手を合わせた。

――いつか必ず迎えに来るから。あの人の目とほとぼりが冷めた頃。何年後か分からないけれど必ず……

龍月の自分への執着は黴《かび》の生えた因習と血の繋がり故だ。もっと条件に相応しい相手が現れれば、容易に覆るだろう。

もしかしたら本当に愛する者が出来た瞬間、あっさり捨てられるかもしれない。そしてそれは自分と違い、表の世界で彼を支える事を許されるあの女性である可能性が高い。

秋彦の記した方法に従い、龍月の髪を数本包んだ懐紙の存在を確かめる。それは細かな文字が紙を埋め尽くし一種異様な様相を呈していた。

強い力を持つ者の体の一部を使い、それを媒介に展開する術式だと説明されたが、当然八重に分かるはずもない。とにかくこの小さな包みが、龍月からの追跡を躱すのに役立つという事が分かれば充分だ。

秘密裡に進められた計画の中、「本当にこんな事で目くらましになるのかしら……」と呟いた八重に秋彦は「じゃあ辞めるかい？」と意地悪く聞いた。

勿論答えは否だ。だが不安なものは仕方ない。

「でも、これを身に付けていたはずの母だって結局は見付かってしまった訳でしょう？それじゃ……」

「違うね。さっきも言ったけど、これは体の一部を提供した術者の力を利用し変換するものなんだ。つまり持ち主本人が死ねば効力も薄まるよ。君のお母さんが使ったのは、先代当主のものだろう？　いくら先代が強い力を持っていたからと言っても、死後何年も経てば劣化している」

――そんな会話を密かに交わしたのが数日前。

そして今夜はついにやって来た決行日だ。随分前から決められていた予定で、今日龍月はこの家にいない。今後の事について四条の家と話し合う為らしい。

今後――結婚に向けて？

今頃あの少女と龍月が笑い合っているのかと思うと気分が悪い。自分がこれほど嫉妬深いとは知らなかった。知りたくなかった。

しかしそれらも今夜で終わりだ。

「もし……」

違う出会いがあったのならば。

こんな息苦しい檻の中ではなく、普通の男女として出会えていたならば。

「……私なんて、見向きもされなかったわね……」

　それでも、明るい日の光の下で手を繋いでみたかっただなんて、本当に自分は愚かだと思う。

「八重ちゃん、準備は良い？」

　気配を感じさせず、秋彦が襖を開いた。まるで龍月のような真っ黒な装いがこれから先を象徴している気がする。

「はい」

　しっかり顔を上げ、八重は部屋を後にした。


「八重がいない……？」

　珍しく顔を強張らせた千代が飛び込んで来たのは、丁度着替えを済ませた直後だった。

　青褪めた顔に動揺した目が揺れている。

「中々お起きになれない様でしたので、お手伝いしようかと伺ったらこれが……」

　差し出されたものに衝撃を受けた。

　無色透明に光る珠の腕輪。

　確かに漆黒に染まっていたはずのそれは、何事もなかったかの様に静謐《せいひつ》な静けさを保っていた。

「これは……何故……」

　分かり切っている事を口にするなど馬鹿げている。どうしたもこうしたもない。事実は明確に示されている。誤魔化しようもなく厳然と。

　逃げたのだ。

　九鬼家から。自分から。

　周囲から全ての音が消えた。千代が何か喋っているが、何も聞こえない。

　当たり前だ。いくら信じられない程のお人好しでも、あれを知れば嫌悪を抱くに決まっている。まして愛してもいない相手なのだから、ずっと好機を窺っていたに違いない。心を開いた振りをして、偽りの笑顔を向ける位するだろう。分不相応に返されるものが有るとでも思ったか？　あの温もりも優しさも全部全部この時の為に——

「……は、はは……っ」

「龍月様？」

　昔から心を捕らえるものほど離れて行く。

　傍に置きたいと願うものから失われてしまう。

　黒い黒い霧が立ち込めるのが見えた。湿度を伴うそれは身体に染み込み、重く自由を奪って行く。

　ああこの感覚は知っている。まだ幼い頃、水中から見上げた月を憎んだあの時と同じ。

　もう何も望まない。期待しない。心が凍り付く音を聞いたあの時と。

「……誰にも知らせるな。俺が探す。何事もなかった様に行動しろ」

「は、はい」

「逃げた女追ってどうするの」

いつからそこにいたのか、詰まらなそうに秋彦が背後に立っていた。睨み付けるが、涼しい顔で腕を組んでいる。

「何だと？」

「だってそうでしょ。仮に連れ戻しても、大人しく言う事聞くとは思えないし。そもそも影の花嫁っていう因習自体がもう古いんだって。そんなもの居なくてもお前みたいな優秀な跡継ぎは生まれる。誰の腹から出ても関係無い事は実証済みだろう？　幸い四条のお嬢さんは自分の立場をよく分かってらっしゃる。それでも納得しない爺いを黙らせたいなら、一族の中から適当に女を見繕って孕ませれば良いさ」

「……黙れ」

「お前らしくない。いい加減目を覚ませよ。お前はこの九鬼家の当主だ。物珍しいものに現《うつつ》を抜かすのも大概にしろ」

確かに予想外の反応ばかりを示す八重は自分を飽きさせなくもあった。だが、それだけが理由ではない。

ならばいったい自分は何をあいつに求めている？　考えようとすると焦燥感が沸き起こり、どす黒い濁った感情に支配される。浮かぶのは狂いそうな怒りだけ。

——許さない。

必ず捕らえて連れ戻す。

八重がどう思おうと、あれは自分のものだ。

嫌がっても、憎まれても、壊れても構うものか。

今度は鎖に繋いで座敷牢にでも閉じ込めてやる。

泣くなら泣けば良い。枯れるまで泣き叫んで、絶望に染まってしまえ。

胸が苦しくて、掻き毟りたい程暴れ狂う心臓の音が煩い。

心の何処かで期待していた。悍ましいあの事実を知っても、共に生きてくれるのではないかと。淡い希望を抱いていたのだ。あれ程の事をしておきながら、根拠もなく縋ってそれで許されると思いたかった。

……隣にいて欲しかった。

「ははは……っ、餓鬼か、俺は？」

得られない愛情を求めて足掻いていた子供の頃を彷彿とさせる甘ったるさ。死んだと思っていた渇望は姿を隠していただけだった。

一度は手にしたと勘違いした分、失った痛みは大きい。そして裏切られた憎しみも。

もとより許されるはずもない。分かっていた。

八重が自分に抱くのは恐怖と嫌悪のみ。それらが消える日など訪れる訳がない。

いつか別の関係が築けるなど、勘違いも甚だしい。

「……絶対に逃がさない……」

もう、要らない。人間らしい心など必要無い。欲望のまま奪い喰らい尽くせばいい。
どうせ手に入らないならば、力ずくで縛りつけよう。
鬼が笑っている。喉が裂けんばかりに腹を抱えて嘲笑している。
顔を覆った指の隙間から覗く世界は、色をなくし陰鬱にくすんで見えた。

九　再会

「ありがとうございました」

最後の客を見送り、深く頭を下げる。混み合う時間が終わり、漸く一息つけると八重は肩の力を抜いた。

藍染めの着物と白い前掛けが一日の労働の終わりを告げる様に軽く皺になっている。半《はん》衿《えり》を押さえながらお端《はし》折《よ》りの先をもち、下に引いて衿を直した。

「八重ちゃん、お疲れ様。今日はもう帰って良いよ」

「ありがとうございます。洗い物だけして行きますね？」

「ああ、良いよ良いよ。今日はすごく混んだからね、疲れたでしょ。早く帰って休みなさい」

柔和な顔で微笑む店主は五十を僅かばかり越えた上品な紳士だ。本人は白髪が目立つのを気にしているが、それがまた優しげな大人の魅力を醸し出している。

「そうよぉ。暗くなる前に帰りなさいな。八重ちゃんはうちの大事な看板娘なんだから」

大きなお腹を揺らしながら店の奥から現れたのは、今年結婚六年目になる年若い妻、綾《あや》子《こ》。正直、夫である店主よりも八重との方が年齢が近い。

親子ほどに年の離れた夫婦だがとても仲が良く、傍で見ていて微笑ましかった。

「すみません。ありがとうございます」

手頃な値段で甘味や茶を提供するこの店は、店主の父親が始めたものでそこそこ繁盛している。客は専《もっぱ》ら近くの女学生やおばさま方。いつも店内は賑やかな笑い声で溢れ、男性客は殆どいない。

秋彦の手を借り、あの家から逃れ三月が経とうとしていた。

最初は用意された隠れ家で息を潜めていたが、次第に日常を取り戻す中、このままではいけないと思うようになった。誰かに頼ってるだけでは、意味が無い。自分の足で立ち上がってこそ、過去に決別出来る気がする。秋彦の用意してくれた仕事は断り、自力で見付けたこの店で今は働かせて貰っている。

まだ心配だからと引き止める彼を説得して、店主夫妻の紹介してくれた下宿で一人暮らしも始めた。古くて小さな部屋だが、八重一人が住むには充分だった。

一番暑かった時期は過ぎても、まだまだ涼しくはならない。今年は特に気温が高いらしく、未だ秋の訪れは遠いようだ。

それでも、耳に届く虫の声は少しずつ変わって来ている。

都会の中心部からは少し離れ、田舎ではないけれど静かな町。治安は良いが、暗くなってから婦女子が一人で出歩くのは好ましく無い。早めに帰るのが良い。

さて今夜の夕飯は何を作ろうかと思いを巡らせたその時――

「八重さん、何か食べに行きませんか？　僕ご馳走しますよ？」

何処からともなく現れたのは、洋装に身を包んだ洒落た男だった。

白いワイシャツに縦縞のズボン、黒の革靴はピカピカに磨き上げられている。

抱えた豪華な花束が様になり、七三に分けられた髪は品良く後ろに流されて、日本人らしからぬ高い身長で人目を引いていた。

「瀬戸《せと》様……」

近くに在る病院の跡取り息子、瀬戸卓《すぐる》は今年三十四歳になる美丈夫だ。若い婦女子は勿論、未亡人や人妻に至るまで揃って夢中になっている。

数年前に病弱だった妻を亡くし、以来再婚はせず複数の女性と浮名を流しているらしい。

適度に重ねた年齢が渋みを増させ、男としての自信を漂わせているのが彼の魅力だった。

高くすっきりした鼻梁に濃い眉毛。男性らしい顔立ちだけなら近付き難いが、柔和な笑顔が厳めしさを緩和している。

「これ、君に似合うと思って」

歯の浮くような台詞もさりげ無く使いこなしてしまう笑顔が眩しい。

気取らない性格と、庶民的な店にも出入りする気さくさが良いのだと取り巻く女性達が言うのを聞いた事が有る。大の男が甘い物好きというのも可愛らしいと噂好きの雀達が囁き合っていた。

そんな男から手渡された大輪の花束に、八重は困惑を表した。赤や黄色の花々が競う様に束ねられている。

「困ります、瀬戸様……以前も申し上げましたが、過分な贈り物は受け取れません」

「そんな事言わないでくださいよ。八重さんが貰ってくれないと捨てるしかなくなってしまいますけど？」

「そんな……」

今が盛りと咲き誇る花を塵にするなど八重に出来るはずが無い。それを分かっていて言っているのだ。

そういうところが、苦手だった。

確かに人当たりの良い魅力的な男性だと思う。周りが言う様に整った顔立ちである事も否定するつもりはない。

多少歳は離れているが問題にならない程の若々しさで、むしろ年若い男には無い頼り甲斐と色香を感じる。

だが、彼からの贈り物はどれも気が重かった。例えば高価な宝飾品や入手の困難な観劇の特別席。軽々しく受け取る事は出来ない物ばかり。

他の女性は知らないが、八重には分不相応な気がしてしまう。特にそれらに興味がある訳でもない。

それを踏まえ、結局全て丁重に返却してきた。

今回は趣向を変えてきたらしい。

立派過ぎる花は、花瓶も無い部屋には何処に飾ったら良いか見当もつかず途方に暮れた。

まさか適当な瓶や缶という訳にはいくまい。

嬉しくない訳ではないけれど、困ったという気持ちの方が強い。こんな事はされ慣れていないせいで、反応に戸惑ってしまう。

瀬戸から好意を向けられていると感じるのは、自惚れではないと思う。

だが今の八重には誰ともそういう関係になるつもりは無い。

胸に浮かぶのはいつでもただ一人。

傷だらけの背中とたまに見せてくれた笑顔。それらを宝物の様に大切に抱えている。思い出す度に鈍い痛みが過っても、やめることなどできやしない。

きっと、これから先も。

「八重さん、何がお好きですか？」

「え？」

「ほら早く行きましょうよ。お腹空いたでしょう？」

戸惑いを浮かべている隙に強引に腕を取られ、間合いを詰められた。

「あ、あの、瀬戸様……」

八重自身がこういった異性のあしらいに慣れていないのも理由の一つだが、それ以上に彼が店の常連だと思えば無下には出来ない。

上手い断り文句が浮かばず、困り果てている所に店の中から救世主が現れた。

「瀬戸様、八重さんは今日体調が思わしくないんですよ。だから御一緒したくても無理なんです。女にはそういう時があるんです。お分かりでしょう？」

大きなお腹を摩りながら、綾子がにっこりと微笑む。有無を言わさぬ迫力に、押しの強い瀬戸も一歩退いた。

「いや、その、」

実は店主の妻である彼女が苦手らしく、途端に声が小さくなる。そこへ畳み掛ける様に「女性にお優しい瀬戸様ですもの、無理は仰いませんよね？」と言い募るのは流石と言うほかない。

度重なる積極的な瀬戸の誘いに八重が困っているのを知っているのだ。

「さ、八重ちゃん早くお帰りなさい。ゆっくり休むのよ？」

早く行けと手を振られ、慌てて頭を下げ背中を向けた。

「し、失礼致します」

「八重さん！」

「お花ありがとうございました、瀬戸様！」

小走りで駆けつつ家路につく。憂鬱にならずにはいられない。幾つかの辻を曲がり、追い掛けられていない事を確認して漸く脚を緩めた。

腕に抱えた花が酷く重い。

無駄に走ったせいで、全身が汗ばんでいる。

甘ったるい匂いに気分が悪くなり、心持ち鼻から遠ざけ深く息を吐き出した。綺麗な花だ。だが好きではない。

色の乱立する華やかさより、控え目な小さい物が八重は好きだ。さもなければ、母の好んだあの花。

思い出すのは、すらりと背を伸ばした白い百合の花。

ふと空を見上げれば、まだ白く霞んだ月が浮かんでいる。昼と夜の狭間では居場所がないのか、存在感を消し頼りなげに見えた。

だが暮れるに従い、それは輝きを増して行く。夜を支配する為に。

月が嫌いだと言ったあの人は、今頃忌々しく睨んでいるのかもしれない。それとも目を逸らし、視界に入れない様にしているだろうか。

願わくば、悪夢を見ない事を。

いつかの魘されたあの人は痛々しく、思い出す度八重の胸を締め付ける。せめて夢の中だけでも幸福であるように。

届かないと知っていても、祈らずにはいられなかった。

「昨日は大丈夫だったかい？」

「はい。綾子さんに助けて頂きました」

出勤していの一番に店主に聞かれたのは昨日のやり取りだ。

「すまないね、此方もお得意様には強く言い難くて」

「いいえ、本当に大丈夫です。御心配お掛けしました。瀬戸様も御自分に靡かない私がもどかしいのでしょう。毛色が違うものが気になるだけです。暫くからかえば、御満足されると思います」

別に害と言える程のものが有る訳ではない。気にしないで欲しいと明るく笑う。

これまで流されてばかりだった八重は嘆くばかりで、自身の足で立ち上がろうとはしていなかった。

最近は手助けされているとは言え、自分で見付けた仕事をし毎日生きている実感がある。あの家での日々が幻だったのではないかと思う程。

しかしそれがただの願望に過ぎない事は自分が一番良く分かっている。

あの声を、指を、瞳を思い出すだけでこんなにも切なく疼く心と身体。未だ囚われたままだと自覚し涙する夜も有るけれど、とにかく前へ進んでいる。

独りで、生きて行く。そう決めた。

この先あんな風に人を愛せるとは思えない。兄だと知った今でさえ変わらず愛しくて堪らない。

会いたい。二度と会わない。もう会えない。

選んだのは自分自身だ。それを憐れむなんて都合が良過ぎる。

あの人には可愛らしい許嫁がいるのだから、いつかはきっと幸せになってくれる。自分は傍にいてはいけない存在。

——忘れなければ。それがしてあげられる唯一の事。


「こんにちは、いやもう今晩はかな？　八重さん」

「あ……今晩は、瀬戸様。お久しぶりですね……」

数日間姿を見せなかった瀬戸が現れたのは、八重が帰り支度を終えたところだった。

「良かった、間に合って。もう帰ってしまったかと心配しました」

早く帰れば良かったという考えが一瞬浮かんだが、幾ら何でも失礼に過ぎるので、振り払う。

近頃忙しいのかパッタリ姿を現さなくなった為、すっかり安心していた。やっと興味を失ってくれたと思っていたのに。

曖昧に微笑み、穏便に躱す方法はないかと頭を巡らせた。

尤も、そんな物が簡単に思いつくようなら今こんな状況に追い込まれてはいない。

「この後御予定は有りますか？」

「え、と……あの、」

正直に言えばない。だがそう答えれば自ずと結果は見えていて、素直に返答するのが躊躇われる。

嘘もつけない八重としては、沈黙する以外の方法が見付からなかった。

「実はこの所仕事が忙しくてね。八重さんに会いたくても時間が作れなかったんですよ。今日やっと自由な時が得られたんで、真っ先に貴女に会いに来たという訳です」

「はぁ……」

ならば無理をして下さらずとも良かったのに、と内心思うが勿論口には出せない。

何とか今日こそ自力で断り、遠回しにでも迷惑である事を告げねばと決意を固めた。そうそう毎回助けて貰うのを期待してはいられない。

お腹の底に力を込めいざと力んだ瞬間、秘密話をする様に顔を近付けられた。

「ねぇ、頑張った僕に御褒美を下さいませんか？　これで強引にお誘いするのは最後にしますよ。だからせめて今夜だけ、一緒に食事を付き合って頂けませんか？」

それは有る意味願ってもいない申し出だった。

我慢と言っては語弊が有るが、一度だけ食事を共にすれば互いに望ましい形で決着を付ける事が出来る。断る理由がない。

「あ……今から、ですか？」

「はい。ちゃんと夜には御自宅までお送り致しますよ。御心配無く。これでも僕は紳士ですから」

密かに抱いていた不安を言い当てられ、八重は気まずさから目を逸らした。

「す、すみません……そんなつもりじゃ……」

「構いません。八重さんの様に可愛らしいお嬢さんなら、当然の心配ですよ。むしろしっかりしていると感心する程です。では、御了承頂けたと判断しても？」

もごもごと言い訳しながら、八重は頷いた。

別に悪い男ではないのだ。ただ少し強引なだけ。

それが彼の魅力でもあるし、短所でもある。そこが良いと思う女もいれば、八重の様に苦手と感じる女もいるというだけの話だ。

「やった！　では早速行きましょう！　善は急げですよ、八重さん！　ああ、念願叶って八重さんとの逢瀬だ。嬉しくて堪らないな」

「あ、あの……」

戸惑っている内に上機嫌の瀬戸にぐいぐい引っ張られ、そのまま彼自ら運転する車に乗せられた。

連れていかれた先は、八重など入ろうと思った事もない上流階級御用達の百貨店。その中でも煌びやかな洋服を扱う店だった。

「あ、あの、お食事だけだと……」

「ええ、でもこれから行く店は洋食なんです。八重さんの着物姿は素敵ですが、是非洋装も見てみたいな」

とんでもないと慄く八重をよそに瀬戸はさっさと店員を呼び八重を着飾らせた。いくらそんなお金はないと主張しても、「自分が出すから」と聞き入れない。更に強引に施された化粧は滑稽だった。

瀬戸は似合うと絶賛したが、見慣れないせいか妙に赤い口紅が娼婦の様だと自嘲する。

鏡の中から此方を見詰めるのは滑稽な別人の様だった。


正直その後の食事の味は分からず、砂を食んでいる様な重苦しさがあった。洋食自体食べ慣れていないし、新しい服も馴染めない。

何より高級感漂う店の内装が威圧感を与え、落ち着かない。

天井からは目映《まばゆ》いばかりのシャンデリアが下がり、レースの敷かれたテーブルは重厚感に溢れている。

知識がない為八重は知らなかったが、壁に飾られた絵は高名な画家の物だった。

そんな中どの食器から使えば良いのか分からず、それどころか使い方さえままならない八重には拷問にも等しい。

「……でね、その時患者の一人が……笑っちゃうでしょう？」

「はい……大変ですね……」

上の空にはならぬ様何とか応え、意識的に口角を引き上げた。

「何だか、僕ばかりが喋っているな。ねえ、八重さんの事をもっと教えてくださいよ」

向かいの席から甘く微笑まれても、語る程のものは持っていない。そんな事を言われても困ってしまう。

思えば面白味のない人生と言える。この数ヶ月が濃密過ぎたのだ。しかしそれを語る訳には行かない。

「御出身は何処なんですか？」

「海の……見える場所です」

九鬼の屋敷だと考えれば、そうなる。度々引越しをしていた八重と母には、故郷と呼べる場所など有りはしない。

脳裏に浮かんだのは、母の墓のある丘の上からの景色だった。

「随分抽象的ですね。八重さんは秘密主義ですか？」

「そういう訳では……」

「ふふ……そんなところも素敵ですけど。では質問を変えますね。御家族についてお伺いしても？」

「……両親はいません」

俯いたまま答えた為瀬戸の表情は分からなかったけれど、八重の様子から流石に不味《まず》い話題だと思ったらしい。慌てる気配が伝わって来た。

「それは……申し訳ない。失礼だが御病気で？」

「母は、そうです。父は会った事もないので、よく知りません」

狡い計算が瞬時に働いたのは否めない。

自分とは育ちも身分も違うのだと思い知れば、瀬戸は八重への興味をなくすだろう。後々面倒になりそうな女にわざわざ手を出すとは思えない。

「では、お母様は一人で八重さんを？」

「そうです。ですから、こういうお店など分不相応なんです」

暫く沈黙が落ちた。流石に卑屈に過ぎたかと心配になる。

相手を不愉快にさせたい訳では決してない。恐る恐る窺うと、何かを思い出そうとする瀬戸がいた。

「もしかして……お母様の名前は桜さんとおっしゃる？」

「え……!?」

予想外な反応に声が裏返ってしまった。瀬戸の口から母の名前が出るなど想像さえしていなかった為、挙動不審になってしまう。

これまで、一度たりとも母の名を彼の前で出した覚えはない。それどころか、誰にも話した事はなかった。

「何故……っ？」

「ああ、やっぱり？　これは凄い偶然だ。僕はたぶん君のお母さんを知っていますよ」

今まで最低限の受け答えしかして来なかった八重の突然の変貌に苦笑しつつ、瀬戸は葡萄酒を口に含んだ。

「僕の家が代々この地で医者を営んでいるのは知っていますね？　もう二十年以上前かな……一人の綺麗な女性が行き倒れていたんです」

「そ、それが母だと……？」

九鬼の家を逃げ出した母がどういう経緯で八重を産んだのか未だ分からない。

八重の様に協力者がいたのかもしれないし、単独での逃亡だったのかもしれない。どちらにしても平坦な道ではなかったはずだ。

行き倒れていたと聞いて、血が下がる様な感覚がした。

「僕はまだ十二かそこらだったけど、印象的な出来事だったからよく覚えていますよ。両親はその人を保護して、暫く家に住まわせ一緒に暮らした。優しく明るい人だったと記憶しています。どんな会話をしたか、流石に詳しくは思い出せませんけどね」

瀬戸の思い出の中の母は、八重の知る彼女と変わらないらしい。

優しく明るい人というのは母を言い表すのにぴったりな言葉だと思う。

嬉しくてもっと色々教えて欲しいと懇願していた。

自分の知らない母の姿。九鬼の家を出てから、八重の知る母になるまでの過程を。

「今でもそうですが当時は特に、父親のいない子供を産もうだなんて女性は珍しかったし、産まれた子には『八重』と名付けていたからひょっとしてと思ったんです。それに君達はどこか印象が似ている」

「私がお母さんに……？」

似ていないと言われるのには慣れていたが、そんな風に言われたのは初めてだ。感動に近いものが胸に込み上げる。

「顔立ちは違うかもしれないけれど、目や髪はそっくりですよ。それと何より醸し出す雰囲気かな？」

「……」

それはひょっとして影の花嫁としての立場故の憂いだろうか。自分では気付かぬ内に、他の人とは違う何か腐臭の様な物を発散しているとしたらと不安になった。

「どうしました？　顔色が優れませんが……」

「い、いいえ、大丈夫です。どうぞお気になさらず……」

「急にこんな話を聞いて動揺してしまいましたか？　きっと君のお母さんも止むに止まれぬ事情が有ったんでしょうね。赤子を、八重さんを産んで直ぐ出て行ってしまいました。うちとしては、まだ滞在してくださって構わなかったんですけどね。彼女は働き者でしたし、ただで世話になる訳にはいかないと家事を手伝ってくれていました。とても助かっていたのに、いつまでも甘えてはいられないと」

「そう、ですか……」

「今でもたまに母が思い出した様に突然話す時が有りますよ。彼女はどうしているだろうって。子供を抱えて女が一人生きて行くのは容易ではないですから。……でも、そうか……亡くなられていたのか……」

普段の軽妙さとは違いしんみりと語られて、泣きたい気持ちになってしまう。鼻の奥がツンと痛み、視界が歪んだ。

苦労していただろう事は理解していたが、改めて他者から聞かされると、尚更胸に詰まる物がある。

母はそれをおくびにも出さず、八重に向けられたのは笑顔ばかりだった。

「お父様については何か聞いていますか？」

「……」

事情を何も知らないとは言え、その質問は何より残酷だ。無言になるよりほかない。しかしその沈黙をどう解釈したのか、瀬戸は数度頷いた。

「情熱的ですよね。死んだ恋人の子供をどうしても産みたいだなんて。当時は意味がよく分からなかったけど、今は尊敬の念さえ抱きますよ」

「死んだ恋人……？」

それは他者に対する建前なのか。八重は先代当主、龍月の父親の子供だ。母が逃亡した当時はまだ健在だったはず。

「あれ、聞いていませんか？　本当は決められた相手に嫁ぐはずだったらしいけれど、どうしても忘れられない相手が別にいたそうですよ。お腹の子はその人の子だと言っていました」

「えっ……!?」

もう驚く事などそうそうないだろうと思っていたのに、心臓が止まるかと思う程の衝撃を受けた。

いや、それがもし真実ならば止まっても構わない。

「それは……本当ですか!?」

「いや、僕もうろ覚えな部分が有りますけどね。確かそんな事を言っていたと思います。そうそう、相手の写真を大切に持っていましたよ。優しそうな、穏やかな笑顔が似合う男性だったな」

八重の剣幕に苦笑しながら、瀬戸は言った。

飽和状態になった頭は上手く機能してくれない。耳鳴りだけが通り過ぎて行く。

瀬戸の語る言葉が真実かどうかはかろうにも、材料が少な過ぎる。ただ、九鬼の屋敷で見た先代当主の姿は『優しそう』も『穏やか』も形容として合わない気がした。

「……」

いったい何が真実なのか。勿論詳しい説明を避ける為の母の嘘という可能性も多いに有る。むしろそれが一番高い。

だが、八重と同じで嘘をつくのが下手だった母にそんな作り話が出来るかどうかは甚だ疑問だ。だとすれば……

『まさか』と『期待するな』という声がせめぎ合って、鼓動が胸を突き破りそうに暴れ狂う。

確かめたいのに、全てを知るはずの人はもういない。

――――もし、もしも私が先代当主の子供ではないとしたら……？　本当の父親はいったい誰？

瀬戸の話から察するに、おそらく九鬼の誰かだろう。自分と似たような状況にあった母に余計な出会いが有ったとは思えない。

人知れず、あの閉じられた世界で育まれていた二人の関係。爛れた因習に引き裂かれて尚、惹かれあっていたのか。

そして身体が弱かったという相手の男性の死後、逃げ出す事を決意した？　ただ一つ残された子供という宝を守る為に。

（お母さん……！）

油断すると緩みそうになる涙腺は昔と変わらず、堪える為に上を向いた。

では、自分と龍月は兄妹ではないという事なる。血の繋がりは存在しておらず、あの重ねた行為は後ろ指さされる物ではないと。

最初に感じたのは安堵だ。自分の為ではなく、彼を思って。

悍ましい罪を犯させずに済んだ。深い闇に引きずり込まずに済んだ。それは想像以上に大きな喜びだった。

もうこれ以上苦しんで貰いたくない。あの人は既に充分苦しんでいる。

冷たい言葉を吐きながらも暴力的に扱われた事はなく、その瞳の奥には複雑な色が揺れていた。

思い出す度、軋む胸が悲鳴を上げる。

次に感じたのが喜び。

愛しても良い人だった。世界中で自分にだけその資格がないのかと思う日々は辛かった。他の全ての人が持っている権利がこの手にだけ存在しないのかと。

成就する事がなくとも、責められるべきものではなかったと神仏に感謝を捧げたい程の嬉しさが込み上げる。

――しかしあの屋敷に帰るつもりはない。

確かに血の繋がりがなかったならばおおっぴらに龍月の傍にいられるかもしれない。だがそれはあくまで八重側の論理だ。

龍月は八重を異母兄妹と思っていた上で、妻に迎えようとしていた。彼自身が語った様に、より濃い血を残す為都合が良かったから。つまり望まれたのは、『妹』としての自分。ならばいくら選定の儀で選ばれたとしても、他人と判明すれば価値は半減してしまう。

（……知られたくない……）

どこまでも自分は醜い。二度と会わないと誓いながら、忘れて欲しくないと願っている。

本当ならば真実を告げ潜在的な罪悪感から解放してあげるべきなのに、愛されないならばせめてあの狂気の様な執着を失いたくないと望んでいる。どうしようもない程、愚かだ。

「八重さん？」

「ご、ごめんなさい。ちょっと目に塵《ごみ》が……」

堪えた涙のせいで頭まで痛い。膨張した圧迫感が内側から溢れそう。嬉しいはずなのに、諸手を挙げて喜べないなんて。

簡単に信じても良いのか。ただの偶然で、その妊婦自体赤の他人の可能性も有る。むしろ都合が良過ぎて、出来の悪い夢かもしれない。それとも願望が見せる幻か。

「それは大変だ。鏡を持って来させましょうか？」

「いえ……大丈夫です」

「大丈夫じゃないですよ。女の子をそんな顔にさせたなんて怒られてしまう」

戯《ふざ》けた言い方が可笑しくて、八重は微かに笑った。瀬戸の前で自然な笑顔になれたのは初めてかもしれない。

「ああ、嬉しいな。そんな顔初めて見せてくれましたね」

「す、すいません」

「謝る必要なんてありませんよ。笑ってくれただけで充分だ」

卓《テエブル》に置かれた長い指は、あの人よりも節くれだっている。日焼けした分引き締まって見えたが、おそらく力強いのはあちらではないかと思う。

自分を抱きしめ、時に押さえ付け、よく髪に触れていた指。

八重を爪弾く繊細な動きを思い出し、身体の奥が疼いた。

結局何を見ても何をしても、全て繋がってしまうのだ。全て愛しいあの人に。

理由を付け、浸っていたいのかもしれない。なんやかんやと名目を設け、思い出したいだけなのだ。

しっかりしなきゃと思うと同時に一生それでも構わないと願う自分は矛盾だらけで未練がましい。

「……っ、すいません……」

「構いませんよ。良かったら使ってください」

手渡された真新しいハンカチーフには、男性としての欲よりも包み込む様な安心感を感じた。自分は瀬戸を勘違いしていたかもしれない。

「誰でも辛い事は有る。生き難い世の中ですからね。泣きたい時は我慢などしなくて良いと思いますよ」

「……忘れなければならない人がいるんです……でも、出来なくて……苦しい……」

「そう……無理しなくても良いじゃないですか。だってそれは仕方のない事でしょう？」

秋彦との連絡は既に絶っている。いつまでも頼り切っていては、独り立ちなど出来ない。何より未練を断ち切れない。

一つずつ途切れて行く繋がり。

今はまだ生々しい傷痕も、残酷な時の流れは記憶を曖昧に変えて行く。

けれど、本音は忘れたくなかった。苦しくても悲しくても、覚えていたい。人を愛せた事を後悔などしたくない。

「忘れなくても良いと思いますか……？」

「当たり前じゃないですか。想うだけが罪なら、僕なんてとっくに犯罪者かもしれませんよ？」

茶目っ気たっぷりに目を細め、瀬戸は微笑んだ。

「月並みな言葉だけど、時が解決してくれる。経験者だからよく分かるんです。それでも駄目なら……ずっと想っていれば良い。貴女はまだ若くてそんなに綺麗なんだから、先の事なんて誰にも分からないと思いますよ」

許された気がした。錯覚で構わない。

心は自由だ。想うだけなら誰に憚る事もなく、束縛も受けず解放される。難しい事など考えず、純粋に。

「ああ……」

ならば魂だけは高潔なまま。死の瞬間まで彼を住まわせていたい。

二度と会えなくても。愛していると告げる事は出来なくても。


「わざわざ送って頂き、ありがとうございました」

帰り際、一人で帰れると主張する八重を押し切って瀬戸は下宿先まで送ってくれた。あくまで紳士的に。

数刻前まで憂鬱でいっぱいだったなんて信じられない。今はもっと会話したいと思っているから不思議だ。

「八重さん、今日はとても楽しかったです」

「はい、私もです」

有意義な時間だった。現金だがもっと早くきちんと会話していればと思わなくもない。

「出来ればまた会いたいな」

「それは……」

「心配しなくても、もう口説いたりしませんよ。これでも完全に脈がない女性に無理強いする気はありませんから。こう言っちゃ失礼だけど、君は強引に押せば流されそうに見えてね。それに影のある女性が僕は好きなんです」

明け透けに言われ、逆に警戒心が緩んだ。

それにある意味褒められた気さえする。確かに今まで流され易かったのは否定出来ず、自分でも変わらなければと努力して来たつもりだ。だから今は違うと言われた様で、少しだけ誇らしい。

「ふふ……瀬戸様って、想像していた方と随分違いますね」

「どうせチャラチャラした見境ない女好きとでも思っていたんでしょう？」

「そんな……」

図星過ぎて思わず言葉に詰まる。八重の視線が泳いだのを見て、楽しげに瀬戸は言った。

「構いませんよ。当たらずとも遠からずですから。僕は広く浅く御婦人方と楽しみたいんです」

「え!?」

「本気の愛情は妻に捧げ尽くしてしまいましたから。彼女が死んだ時、僕の一部も死んでしまったんです。もうあれ以上に人を愛せる事は無いでしょう」

僅かに陰った瞳が瀬戸の本質を物語っていた。

いつも笑顔の洒脱《しゃだつ》な紳士。その裏側には大切な人を喪《うしな》い、それでも必死に生きようとする一人の男が隠れていた。

「八重さんが本心を曝け出してくださいましたから、僕も本音を明かしますね。……皆には秘密ですよ?」

唇に人差し指を当てる気障《きざ》めいた仕草さえ様になっている。

まるで共犯者か同志の様な連帯感が二人の間に生まれつつあった。

今漸く瀬戸という男の人となりが理解出来た気がする。

「ああ、それにしても本当に残念だな。八重さんとだったら、上手くやって行ける予感がしていたんですけど」

「それはたぶん……お互い忘れるつもりのない一番大切な人が別にいるから、ですね」

「成る程……きっとそうですね。心に別の人を住まわせていても、許して受け止めてくれる気がしたのかな」

それはまるで傷を舐め合う痛々しい関係だ。けれど何処か心地好い毒に侵される様で悪くないと思ってしまう。

無意識にそれを感じ取っていたから、八重も瀬戸を避けていたのかもしれない。

「じゃあ、またお店に立ち寄る事は許してくださいね。あそこの甘味はここらで一番美味しいですから、行かれなくなったら死活問題なんです」

「ええ、お待ちしています。瀬戸様がいらっしゃらないと、お得意様も減ってしまいますから」

微笑んで答えれば、何故か瀬戸は困った様に眉を下げた。

「やはり八重さんは少し警戒心を身に付けた方が良いと思います。理性よりも欲に正直な男は沢山居ますからね。僕だっていつ送り狼に変わるか分かりませんよ？」

「瀬戸様はそんな方じゃないではありませんか」

屈託なく言えば、深く溜め息を吐かれてしまった。

「本当に悪い奴はそうと分からない顔をしているんですよ。今後の為に肝に銘じておいてください」

瀬戸の言葉はよく意味が分からないが、年長者の助言は聞くものだ。八重は素直に頷いた。

それを見て、また困った様に笑われてしまったが。

頭を下げ、次の角を瀬戸が乗った車が曲がるまで見送った。

少しだけ、瀬戸の亡くなった妻が羨ましい。今でも尚、愛されている。たった一人の特別な人間として、これからも想われ続けるのだろう。

そう思うと、我が身との落差にまた涙が浮かぶ。

沢山泣いたせいで目が腫れていた。明日の為に少し冷やしておこうと思い巡らせ前を向き、世界が凍り付いた。

目にしたものが信じられない。

拒否する頭と裏腹に瞳は縫い止められた様に視線を外せず、近づいて来る男と見詰め合ったまま。

「う、そ……」

見間違うはずがない。今しがたも彼の事を考えていたのだから。

殺気を放ちながら歩く男を通行人が避けて行く。中には慌てて下を向く者までいた。

目が合えばそれだけで殺されそうな威圧感が漂っているが、その心配は要らない。

何故なら彼は一人の女しか見ていない。つまりは八重だけを。

下町には似合わぬ優美な足取りと、見るからに高価な漆黒の黒を纏い一歩一歩近付いて来る。決して焦った様子はないのに、一幅が大きいのかあっという間に距離は縮まっていった。

どくどくと暴れ狂うのは自身の心臓だ。煩い程の鼓動が鳴り響き、耳鳴りが圧力を増して来る。

「龍月さ……」

どうして此処に。少し痩せた。鋭角的になった顎の線と暗い情念を湛えた瞳が凄味のある美を際立たせている。

「忘れた訳ではなかったらしいな」

久しぶりに聞いた声は記憶にあるより掠れていた。聞いただけで身体の芯が疼き眩暈を引き起こす。

低い声からは何の感情も読み取れなかった。しかし伸びた前髪から覗く目だけは、ギラギラとした熱を放っている。逸らす事を許されない力が八重を拘束し、逃げ出す隙を与えなかった。

乱暴に腕を摑まれ、引き摺られる。歩幅の違いから転びそうになるのを、八重は小走りで必死に着いていった。喰い込む指が容赦なく骨を軋ませる。

「い、痛いです……っ、龍月さん……」

「別に見られても構わないが、邪魔が入れば面倒だ」

一本路地を入れば人通りはぐっと少なくなる。全く無人ではなくともガス灯の明かりは遠退き、闇が濃くなった。

「……あっ!?」

呆然としている内に腕を捻じり上げられ、壁に叩き付けられていた。容赦なく自由は奪われて、後頭部を打ったせいか視界が揺れる。

「本気で逃げられると思ったか……？　舐められたものだ」

「ど……して、御守り……」

いつでも肌身離さず龍月の髪を包んだ懐紙を身に付けていた。小さな巾着を作り、首から提げて。

それこそ眠る時は勿論、湯を浴びる時でさえ。そうしていれば、安心だと秋彦は保証してくれたはず。

押さえられていない手で探ろうとした動きを目敏く見付けた龍月は、無意識に視線をやった八重の胸元へ手を突っ込んだ。

「きゃ……っ」

「ふん、これか。俺の力を変換する術式……ご丁寧に増幅の呪《しゅ》まで施されている。随分邪魔してくれた。お陰で俺でさえ見付け出すのに三月も掛かったぞ」

（……探してくれていたの……）

嬉しいと思うだなんてどうかしている。

その執着は、便利な道具が生意気にも裏切ったが故の憤怒に過ぎないのに。それでも尚、自身に向けられた何某かの感情に感動している。

どうしようもない愚か者だ。救われるはずもない。

眼前でそれが細切れに破かれるのを見詰めたまま、脚が震えている事に気が付いた。

殺されるかもしれない。そう思うだけの荒んだ雰囲気が龍月からは放たれ、瞳は暗く淀んでいる。

道行く人々は痴話喧嘩かと路地の奥へ好奇の目を向ける者もあったが、尋常ではない重苦しい雰囲気に尻込みし、皆足早に立ち去って行った。

じっくり上から下まで往復した暗い水底の様な瞳が、ひたりと頭に据えられた。

「短くなったな」

髪の事を言われていると気付くには時間が掛かった。龍月の長い指が肩口に遊ぶ髪を絡める。

綺麗に整えられていても短くて以前の様には弄べない為か、眉間に皺を寄せた龍月は苛立たしげに毛先を摑み引き寄せた。

「痛……っ！」

乱暴に扱われたせいで頭皮が引き攣る。ひょっとしたら何本か抜けてしまったかもしれない。

じわりと涙で滲む目を瞬けば、予想外の近距離に龍月がいた。

口付けるのかと思う程顔を寄せられ緊張に強張っていると、嘲笑う様に逸れた唇は首筋に落ちる。

「っ!!」

ちくりとした痛みが肌を焼く。

久方ぶりの刺激は鮮烈で、そこから全身へゾクゾクと熱が広がって行った。

舌先で同じ場所を舐められ、生温かく柔らかな感触に浸り掛けた刹那、歯を立てられる。

「……痛っ……」

「早くも別の男を見付けているとはな。それとも以前からの仲か？」

「違っ……!?」

「黙れ!!」

瀬戸の事を誤解されていると知り慌てて弁明しようとしたが、怒声に掻き消されてしまった。

髪を弄っていた手がいつの間にか首へと移動し、僅かに息苦しい圧を加えて来る。

「軽薄そうな男だったな。随分歳上じゃないのか？　成る程、ああいうのが趣味か。どうりで秋彦を気に入る訳だ」

「そんな言い方……」

「目が赤く腫れている。あの男の前で泣いたか」

掌は細首へ据えられたまま、親指だけで唇をなぞられた。

赤い紅が色移りしながら口の端まで伸ばされる。

殺伐とした空気の中で、場違いな優しさと淫らさを併せ持った動きが房事の行為を思わせ、頬が染まる。

やがて唇を嬲っていた指はそのまま歯列を割って中へと侵入した。

「……ふっ、く」

「外の世界は楽しかったか？　似合わない洋装など、浮かれたものだ。こんな色はお前らしくもない。あの男も趣味が悪い。よく連れて歩けたものだな」

くちゅくちゅと舌を弄びながら我が物顔で指が口内を犯す。独特の甘さを含んだ口紅の苦味が広がった。

そんな場合ではないと分かっているのに、甘い痺れが下腹部に溜まって行くのを抑えられない。

倒錯的な擬似行為に頬が上気する。火照る様をつぶさに観察されていると思うと、言い訳出来ない興奮が高まっていった。

何か話そうとする度柔らかく舌を愛撫され、閉じることのできない唇からは唾液が顎を伝い落ちる。自然、その動きに合わせる様に舌先を差し出し、話せない代わりに必死に目で訴えた。

「――――そんな誘い方、何処で覚えた？」

途端に下がった温度に夢見心地だった意識は弾け飛んだ。冷え冷えとした冷気が目の前の男から流れ込んで来る。見下ろす眼は何処までも凍ったままだった。

「全くとんでもない淫乱だ。お前の母親と同じだな」

違う、と叫ぼうとしたが叶わず、言葉は全て龍月の口内に消えて行った。

荒々しい口付けは呼吸する事さえ許さずに、恐ろしい強引さで蹂躙して来る。幾度も角度を変え上顎を撫でられれば、言い知れぬ疼きが生まれ、力が抜けてしまいそうになった。

思わず逃れようと身じろぐと、更なる力で押さえ込まれる。

壁と龍月に挟まれ、窒息寸前。もがけばもがくだけ口付けは深くなり、骨が軋む程拘束が強まった。

くちゅくちゅと響く水音が注ぎ込まれる毒になる。甘く残酷な。

「……はぁ……っ」

漸く解放された頃には、支えがなければ立っていられない程膝が震えていた。

しかししゃがみ込みたくとも、両脚の間に差し入れられた龍月の膝がそれを許さない。

少しでもずり下がれば、恥ずかしい場所を彼の腿に擦り付ける結果になってしまう。おそらく、はしたなく期待しているそこを。

こんな扱いをされて、そんな羞恥には耐えられない。

男の唇で艶かしく映える紅が、挑発的に目を射った。決して女顔という訳ではないのに、それは奇妙に似合っている。

龍月は移った紅を見せ付けながら指で拭い、すっかり剝げてしまった八重の唇へ再び触れた。

「中々見事な逃亡だったと褒めてやろう。まあ、協力者がいたのは分かっているがな」

「っ！　秋彦さんは何も悪くないわ！」

「他の男の名前など呼ぶな!!」

誰より龍月の事を考えている秋彦と仲違いするなどあってはならぬと説明しようとしたが、顔の直ぐ横に叩き付けられた拳の強さに喉が掠れた。

何もかもが誤解。しかしそれを解いてどうなるのか。

答えは簡単だ。以前と同じ生活に戻る。

腐ったあの屋敷の奥底で、当主の訪れを待つだけの日々。愛される訳でもなく、ただ役目を果たす事だけを望まれて。正式に彼の隣に立つ事を認められた女性を羨み妬みながら。

――そんなのは嫌――

容易に想像出来る未来には何の希望も見当たらない。陰鬱な闇が横たわるだけだ。

「……行くぞ」

「嫌です！　あの場所に戻るつもりはありません！」

その瞬間の龍月の顔を何と表現すれば良いのか。

怒りに歪むと思っていた表情は、悲痛に強張った。頼りなく揺れる瞳が何度も八重の上を往復する。

やがて忌々しげに舌打ちを漏らし、強く目を瞑った後視線は地面に投げ捨てられた。

「……お前に、選択肢など、ない」

絞り出した声は微かに震えていた。力強く摑む腕も。

「……子供を産む女が必要なら、他を当たってください。私には無理です……」

「他に好きな男がいるからか。それとも血の繋がりがあるからか」

どちらも違う。でもそう思っていてくれた方が救われる。

醜い嫉妬故だとは知られたくない。求めても得られないものを想って身を焦がしているだなんて惨めだと思う。

自分を道具としか見ていない相手に囚われてしまった。それどころか、道具としてでも必要とされたいと希《こいねが》っている。

「貴方のもとには行かない」

血を吐く思いで告げた言葉は、確かに龍月に届いていた。

奥歯を噛み締める音が聞こえ、潰されるかという圧力で手首を握られた後、彼は完全に表情を消した。

「……や、痛い……っ！」

無言のまま再び引き摺られ、大通りに停めてあった自動車に押し込まれる。散々抵抗したが、男女の腕力差の前には無意味な労力でしかない。

未だ乗用車など珍しい時代だ。上流階級の修羅場など、庶民には格好の見世物。とばっちりの心配がなくなった瞬間、沢山の目がこちらを向いていた。

「嫌……っ、離してください！」

「煩いっ勝手に消えるなど、ふざけるなよ……!!」

後部座席に二人揃って倒れ込み、龍月の指示を受けて車は走り出した。

車窓を後方に景色が流れて行く。その速さに恐怖が沸き上がる。

「お前は俺のものだ。絶対に逃がさないし、手放さない。憎みたいなら憎め」

一片の光も届かない夜の闇。それが九鬼家の当主としてではなく、一人の男性としての言葉なら嬉しかったのに。

流石に走る車から飛び出す無謀を冒す気にはなれず、八重は一先ず逃亡を諦めた。

間近に感じる恋しい男の体温に流されそうになりながら、真正面から龍月を見詰める。座面に転がったまま、覆い被さる男を見上げる形で。

「私は誰のものでもありません」

――貴方が私のものでない様に。

ひくりと喉が動き、美しい鬼が体重を掛けて来る。狭い車内に逃げ場所などあろうはずもなく、熱を持った身体を全身で感じた。

「……帰ったら死ぬ程後悔させてやる。二度と外に出ようなどと思わぬ位に、お前が誰のものか身体に刻み込んでやろう。――意思など要らない。服従させる方法などいくらでもあるんだ。精神を破壊する薬や快楽、恐怖に対価等な。母親の遺骨がどうなっても良いのか？」

支配欲を剥き出しにされ、冷静を心掛けていた八重の中で何かが壊れた。

こちらの葛藤も知らず、思い通りに事を運ぼうとする横暴が許せない。

「離して……っ、降ろしてください！　触らないで！」

滅茶苦茶に手足を振り回し龍月の胸や肩を叩き、少しでも距離を稼ごうと押し返す。ビクともしないが止められない。

「……っ、大人しくしろ！　本気で殺されたいのか!?」

「……して、ください。いっそ殺してよ！　もう嫌っ、貴方にだけは触れられたく無い!!」

運転手さえ、息を呑んだのが伝わって来た。空気は凍り付き、時が止まる。

二人の荒い呼吸音だけが狭い空間を満たし、即席の密室は密度を増してのし掛かる。

涙でぼやけてた視界では龍月がどんな表情をしているかは見えなかったが、上下する肩が辛うじて現実感を伝えている気がした。

——もう良い。彼が終わらせてくれるなら、それで良い。

むしろ最初からそれを望んでいた気がする。この先も愛される事が無いのなら、完膚無きまでに破壊して欲しい。

——その手で奪い尽くして。何一つ残らない様に。

龍月に向かい手を伸ばす。

離れてから、何度夢見ただろう。

「そんなに俺が嫌いか……っ」

触れた頬は、冷たかった。

「それは貴方の方でしょう？　憎んでいると言ったじゃない！」

「ああそうだ。苦しめば良い。嫌いな男に穢されて地獄の底へ堕ちろ！」

「嫌ってなんかいない!!」

だから辛くて苦しくて仕方ない。嫌いになれたら、こんなに楽な事はなかったのに。目を閉じて振り絞った声は絶叫に近い。

「好きだから……っ、傍にはいられない。貴方と別の人が一緒にいるなんて私には耐えられない！　もう解放してください……!!」

懇願は、涙で掠れた。最後は上手く言葉にさえならず、込み上げる嗚咽で呼吸さえままならない。

顔を覆って泣きたいのに、押さえ込まれた腕は自由にならず、みっともない泣き顔を晒す事になった。

きっともう度重なる涙で化粧はドロドロだ。気に入ってた訳ではないが、そうなると惜しい気がする。

静まり返った中、返されない反応が怖くて恐々《こわごわ》目を開けば、愕然と瞠目した龍月がいた。

「嘘、だ。そんなはず無い。——有り得ない」

「……私は嘘なんて言いません。いつからかは自分でも分からないけれど、貴方の事が……好きなんです」

八重とて愚かだと痛感している。支離滅裂な思考回路を持て余し、立ち竦んでいるのは他ならぬ自分自身なのだから。

「……はっ、媚びて許しを乞う算段か？　生憎だったな、そんな見え透いた作り話に飛び付く訳がない。子供だってもう少し上手い言い訳を考えるぞ」

「信じてくださらなくても良い。貴方にとっては馬鹿馬鹿しい些末な事でしょう。……でも私には、大切な事なんです」

漸く霞の晴れた目に、漆黒の瞳が揺れるのが見えた。酷く弱々しいそれは、まるで別人の様。

けれど、初めて素の彼に出会えた気がする。

「……龍月さん、それでも私……貴方が好きです」

しっかり前を見て、やっと言えた。

届かなくて良い。そこまでは望まない。

有り得ないと思っていた機会が訪れた事に感謝して、区切りをつけよう。これで終わりにする為に。

「そんなの……おかしいだろう。俺はお前を凌辱した男だぞ。何故そんな感情が生まれる？　狂ったとでも言うのか？　あの家の毒に侵され、冷静な判断が出来なくなったか」

「確かに私でもおかしいと思います。でもそれなら離れた時点で覚めていたに違いない。日常に戻れば、当たり前の感覚を取り戻せるもの。……だけど忘れられなかった。時が経てば経つ程、深まって行くんです」

ふとした瞬間、目にしたもの耳にしたものが思い出に繋がっていく。

一見無関係なものでも、狂おしいまでの感情を呼び覚ます。

伝えられなかった分、余計に発酵してしまったのかもしれない。それならば、

「貴方が、四条家のお嬢様と結婚するのを横で見ているなんて、私には耐えられません……」

嫉妬に狂い醜い鬼に成り果てる前に。

「……婚約は解消した。まだ正式な発表はしていないが、お前が消えたあの日もその話を先方にしに行っていたんだ……」

「……え？　どうして……!?」

弾かれた様に顔を上げると、何処かぼんやりした龍月がいた。

「必要ないだろう……九鬼はもう十分大きくなった。肥大し過ぎた程だ。何事にも大切なのは加減だと俺は思う。それに他家の勢力が強まるのは、俺の母親の例から見ても望ましくはない」

一瞬期待してしまった己が恥ずかしい。もしかしたら自分の為かと思った分、落胆は激しかった。

(馬鹿ね、当然じゃないの……全てはあの家の為に……私なんて、その中の道具に過ぎないんだから……)

もう抵抗する気力も無い。力を失った両腕が、人形の様に投げ出される。どうでも良いという想いが少しずつ八重を殺していった。

「血の……近親相姦を拒んでいただろう。悍ましい関係を」

「……私の父は、たぶん貴方のお父様ではありません。証拠はないですが……母が消える少し前に亡くなった方がいらっしゃいませんか？　その方がおそらく……」

まるで立場が逆転した様だ。向けられた好意を信じられず突き放そうとする男と、請い願う女。

二人の距離はこんなに近いのに、どうにも噛み合わない歯車。

「兄妹ではないと知ってがっかりなさいましたか？　より濃い血筋の子供を得られなくなりますもんね。私の価値など、その程度なんです」

自分は今笑えているだろうか。自信はない。

引き攣る唇を引き上げて、無理矢理笑みを形作る。安っぽい誇りだけが支えだ。

「私には龍月さんにとっての利用価値など、ないんですよ」

愛想を尽かしてくれたら良い。軽蔑されるよりは幾分マシだ。

せめて最後だけでも泣き顔でなく、笑顔を覚えていてくれないか。なけなしの自意識を掻き集めて精一杯笑った。

「……本当なのか？　俺とお前は、その……」

「貴方なら、知ろうと思えば出来るでしょう」

――これで終わり。もう彼が私に拘る理由は失われた。

皮肉を込めた棘を更に育てようとした胸に、龍月は顔を埋めた。心地良い重みと久しぶりに嗅いだ香りにクラクラする程の幸福感が湧き上がる。

こんなにも愛しくて仕方ないと思い知らされ、切なさでいっぱいになった。

深呼吸したい衝動と戦いながら、押し退けるべきか否か迷う。二度と味わえないものかと思うと、一秒でも長く堪能したくなるが、未練を作りたくはない。

震える吐息が胸元の生地《きじ》を湿らせ、その熱が居た堪れない熱を生む。

「……良かった……」

「え？」

「間違っているなら教えてくれ。お前の言葉が本当なら……本心では俺と共に在りたいと望んでくれているという事か」

「……そう、言っているつもりです」

何を今更。もどかしくて、恨み言の一つも言いたくなる。でもそれが苦しくて耐えられないから、解放を望んでいるというのに。

「……俺を好きだと言うのは……」

何度も言わせないでと言おうとして止めた。真剣過ぎる瞳が縋る様に見えたせいだ。

しかし口にするのは恥ずかしく、悔しかった。自分ばかりが手の内をさらけ出し、不公平だと思う。

言葉にしなければ伝わらないもので世界は溢れているが、逆に声に出す事で価値を失うものもある。

「……離して」

「嫌だ。どれだけ請われても、絶対に嫌だ。………頼むから、何処にも行かないでくれ」

「どうして……？」

押し込めていた期待がじわりと広がる。

艶やかな黒髪に指を通し、そっと頭を抱いた。子供をあやしている様な不思議な感覚。

さらさら零れる感触が気持ち良い。そう言えば龍月は八重の髪をよく触っていたが、これを楽しんでいたのだろうか。

――人の頭って意外と重いのね。場違いな感想が我ながら可笑しい。

「分からない。こんな気持ちは初めてで……自分でも理解出来ない。お前が憎いと思う次の瞬間には違う感情が湧いて来る。苛つくのに、傍にいないともっと腹が立つ。お前が他の男といると思うだけで冷静でいられなくて、全て破壊してやりたくなる。手に入らないならば、力尽くで縛り付けてでも……これはいったい何なんだ？　俺はついにおかしくなったのか？」

「……！」

歓喜で胸が震えた。

好きだと言われた訳でも、約束を交わした訳でもない。それでも答えを待つ黒い瞳からは傲慢な自信が消え、ただの一人の男が不安に打ちひしがれている。それだけで欲しい答えは得られた気がした。

「私を、欲しいと思ってくれますか？」

「何かを渇望した事など……お前以外に一度もない。他に欲しいものなど思い付かない。俺の妻はお前一人だけだ。他には要らない」

はっきりとした言葉が欲しくないと言ったら嘘になる。それでも今出来る精一杯を与えられたと感じられた。不器用過ぎるこの男から。

「龍月さん……っ」

感極まるとはこんな時に使うらしい。収まり切らない感情が爆発して、涙となって溢れて行く。愛しいという想いだけが駆け巡っていた。

ありふれた台詞ならば要らない。無意味な駆け引きも。

今触れ合うこの熱があればそれで良い。

「好き。ずっと会いたくて仕方なかった……」

「八重……っ」

応える代わりにきつく抱き締められた。痛い程の力が想いの深さを表している。髪の毛一本の隙間さえ作りたくない。

凹凸が完全に重なり、誂えた様に嵌って、互いの発する熱が増幅し合うのに時間は掛からなかった。

――やっと見つけた……

初めてあの屋敷へ連れられた時に見た夢で出会った子供。弱々しく泣きながら暗闇の中で蹲《うずくま》っていた、孤独と恐怖に震えた小さな魂。

——ずっと此処にいたのね。

誰かを抱き締めたいと思ったのは、これが初めてかもしれない。

背中に回した手をゆっくり動かし、腕の中にある存在を何度も確認した。いくら確かめても足りない。もっともっとと密着したくなる。

「八重……八重、俺のだ。何処にもやらない……っ」

八重の名前を連呼しながら、龍月の手が自分の背を擦るのも心地好く、伝わる熱を享受した。

「龍月さん？　だ、駄目っ、こんな所で……！」

最初は気のせいかと思った。温かな手がまさか他人の目がある場所で、不埒な意図を持っているなど考えもしなかったから。

気づけば大きな掌が開いた背中から素肌を弄っていた。

「誰も見ていない」

「そんなはずないでしょう！　運転手さんがいらっしゃいます！」

「気にするな」

無茶苦茶な事を言いながら、八重を探る手は止まらない。次第に大胆になり、今度は長い服の裾から侵入しようと試みる。

「いい加減にしてください！　こんな事をするなら……き、嫌いになります！」

勿論本心ではない。その程度で尽きる愛想ならば、とうの昔に終わっている。

「それは……嫌だ。不愉快だ。二度とそんな事は口にするな」

しかし効果は絶大で、すっかり大人しくなった龍月は行儀良く座り直した。ただし八重の肩は抱いたまま。

置いているというよりは力が入り過ぎ、まるで逃げない様に捕まえている風情だ。まだ完全な信用はないらしい。

聞き分けが良いのか悪いのか、どちらにしても大きな子供を相手にしている様な擽ったさがある。

甘え方も知らない男の胸に頭を寄せ、束の間心音だけを聞いていた。

「髪はまた伸ばせ」

鼻で毛先を掻き分けながら、龍月は首筋に唇を寄せた。

「短いのは、お嫌いですか？」

「悪くはないが……あの感触が気に入っている」

八重としては手入れが楽だし、涼しいので暫くこのままでいるつもりだった。しかしそう言われてしまえば、伸ばさぬ訳にはいかないと思う。

それにしても何と天邪鬼な人なのか。

今まで散々引っ張ったり乱暴に摑んだりしていた癖に、今更そんな事を言うなんて。

柔らかに満たされた気持ちが広がる。自分だけが知る一面だ。

「貴方が良いと言うまで、もう勝手に切ったりしません」

そう言い切れば、満足気な顔で鷹揚に頷くのが可愛らしい。そんな事は本人にはとても言えないが。

「あの、そう言えば……秋彦さんは……」

まさか殺されたりなどはしていないだろうが、手酷い罰を受けた可能性はある。八重を見付け出した龍月にとっては、協力者など簡単に分かっただろう。

先程の剣幕を思えば、無事だと楽観視する方が難しい。

「……気になるのか」

若干陰った声音と眉間に寄せられた皺が不機嫌さを表した。思わず怯えそうになるが、何とか堪える。

「当然です。だって私がお願いしたんです。悪いのは、私の方だわ。罰ならば私が受けます」

「代わりに鞭打たれるか」

「む、鞭!?」

青褪めて鸚鵡《おうむ》返しすると、龍月は喉の奥で笑った。

「冗談だ。少し謹慎させているだけだから、安心しろ。お前が帰るならば、直ぐに解く」

「……意地悪です」

「慣れろ。それがお前の伴侶だ」

凭れた身体から聞こえる心臓の音が先程より僅かに速い。龍月もまた自分と同じく緊張していのかと思うと、言い様の無い幸せに包まれる。

――この人が、私の夫。私だけの。

遠回りし何度も擦れ違ったが、漸く辿り着いた場所が此処にあった。

十　深淵

九鬼の家の正門前で八重は大きく深呼吸した。大仰な門構えと端の見えない程長く続く塀は、威圧感を放っている。

おいそれと前を通過するのも躊躇われる、他者を拒絶する空気。

実は外側からきちんとこの家を見るのが初めてである八重は、息を呑んでその威容を見上げていた。

昼間であれば、まだ良かったかもしれない。しかし時刻は深夜に差し掛かろうとしている。

闇に溶けた屋敷は、夜を吸って肥大していた。

分かってはいたが、改めて脚の竦む思いがする。

戻れば一悶着あるだろうと予想はしていた。何せ母娘二代で逃げ出したのだ。下手をすれば資格なしとして排除される恐れもある。

だが、隣にいる龍月が勇気をくれた。

「心配するな。何度も言うが、お前以外を妻に迎えるつもりはない。もし仮に、認めないと騒ぐ者があっても気にするな。……そうなったら、二人で此処を出て行くか。何処か遠くでひっそり暮らすのも悪くない」

「そんな事……」

出来るはずないと思う。いくら本人が望んだところで不可能だ。

現実的に考えて、九鬼の家が龍月を解放するなどあり得ない。それこそ、次の当主が現れない限り。

「無理だと思うか？　……確かに、逃れたいと渇望しつつ留まっていたのは俺自身だ。泥の中しか知らない者が、真水の流れでは生きられないかもしれない。これまではそんな選択肢も思い付かなかった……だが、今は違う。お前が傍にいるなら、何処でもやって行ける気がする。その為なら何でも出来る」

八重の沈黙を別の意味に解釈した龍月は慣れない笑みを浮かべた。つられて八重も微笑む。

「一緒に、居て頂けますか？」

「それはこちらの台詞だ。……八重……俺はやっと分かった気がする。俺の父親は……たぶん、お前の母親が大切だったのだと思う……」

「？」

「自分が同じ立場になってみて、やっと分かった。もっとも、俺は逃がしてやろうなんて思えないがな。でもあの人は、大切だから手放す事を選択した気がしてならない」

自分以外の男を愛しつつ、心を殺してやって来た娘。若い頃の母は、きっと目映いばかりに美しかっただろう。

明るく優しい年若い花嫁に、心奪われても不思議じゃない。むしろ惹きつけられない理由がない。

どんな想いで、彼女を抱いていたのか。決して此方を見ない女を。

恋人の死後、抜け殻になったかもしれない母。もしくは着々と逃げ出す算段を整えていたか。

そのどちらであっても、目に映っていたのは自分以外の別のものだ。

闇の中ではなく、明るい日差しが似合う女。

枷に嵌められた自分には決して行かれない外の世界へ。せめて愛しい女だけでも。

たとえ、彼女の心が手に入る事がなくとも――

「……母は……愛されていたんでしょうか……?」

歪んだ檻の中、命尽きようとする恋人を見詰める女と、それを見守りながら言葉に出来なかった男。

互いに交わる事のなかった感情。

役割や義務に絡め取られ真実を見ようとはしなかった二人。

でも、それでも、そこに幸せがあったと信じたい。

何故ならそれは一つ間違えば自分達が陥っていたものだから。

「それなら……ほんの少し、救われる気がします……龍月さんのお母様には申し訳ないけれど。たとえ一方からのものだとしても……愛情があったのだと」

「その心配はないな。あの人は愛情とかそういうものに価値を見出さなかったから。それなら、たった一つの想いの為に行動した、お前の母親に注がれていたと信じる方が先代も報われる気がする」

成就する事が無かったとしても、確かに人を愛した。愛せたのだという喜びを胸に。

写真でしか知らない龍月の父親の胸中を思い、遣る瀬ない気持ちが溢れた。きっと彼もまた被害者。この家の犠牲者の一人なんだ。


翌朝――いつだったか八重の御披露目がなされた部屋は、想像以上の騒ぎになった。消えたと思った影の花嫁が舞い戻ったのだから当然だ。しかも当主自らが出迎えに向かった事まで知る者も中にはいた。

八重が逃げ出してからその事実は伏せられていたものの、日数が経てば誤魔化せなくなって来る。

人の口に戸は立てられない。いつしか一族殆どが知る話になってしまったが、これまで荒んだ龍月の剣幕に正面切って物申す輩は一人も無かった。

そんな中二人が揃って帰ったのだから、度肝を抜かれたのは言うまでもない。

皆一斉にあたふたと周りを見回し、より得になる寄生先を探る様である。建前と皮肉で糊塗しながら、利益を守る事しか考えていない。

一つだけ共通点を挙げるならば、誰一人八重の味方ではないという一点だ。

「これでその女を侍らせれば、侮られるのは当主御自身ですぞ！」

「是非とも厳重な処罰を科さねば、他に示しが付きません」

「そもそも影の花嫁などという制度自体が形骸化しているのだから、いっそ広く浅く妾を沢山設けた方が……」

喧々諤々と語り合いながら、当の本人達は完全に置き去りにされた。

前回は発言していなかった若手も積極的に次々と異を唱える。

やがて反対意見が出尽くした頃、おもむろに挙がる手があった。

「何だ、秋彦」

最後尾で立ち上がったのは、見慣れた容貌に濃い痣を残した男だった。

その原因に思い当たり、咎める様に隣に座る龍月を睨んだが、当の本人は何処吹く風だ。

「龍月様は御存知なんですか？　八重様の父親が先代当主でない事を」

その瞬間ざっと場に緊張が走った。衝撃が駆け抜ける。

八重も少なからず驚いた。まだその件は龍月以外には告げていなかったはず。

「どういう事だ!?　それじゃ一体……」

「逃げ出しただけでなく、不貞を働いていたという事か？」

「待て、何故それを秋彦さん、あんたが知っている？」

騒然とした室内は、収集がつかない程に紛糾した。

騒ぐ男達を睥睨し、龍月は秋彦を見詰めた。

「知っていたら、何だと言うんだ？」

「……ならば、彼女に拘る理由が一つ減ります」

特別親しかったとは言えないが、少なくともこの場に居る他の者と比べれば誰より近い立ち位置にいると信じていた。

それ故、秋彦の言葉は八重の胸を抉った。

――貴方も、それだけの価値しか私に見てないの。

「失礼ながら、龍月様を認めない輩はまだいます。大した力も持たない癖に血筋だけを頼りにね。そんな愚か者を黙らせる意味も、この婚姻にはあったはず。先代当主とその器の間に生まれた子供なら、本来申し分ない資格者だ。貴方と番えば、歪んだ流れを正す事が出来る――そう、考えたのは一人や二人じゃない」

「そ、そうだ！　何処の馬の骨とも分からぬ種では、利用価値も半減してしまう！」

以前母親を嘲った者も、本心で別の男の子供とは思っていなかったらしい。九鬼の毒に染まった者にしてみれば、当主の子供を産めるなど誉れある役割以外の何物でもなく、拒否する方が異常と映る。

まして違う男と隠れて逢瀬を重ねていたなど、想像さえ出来なかったに違いない。

そんな彼らが人をまるで物の様に扱う事のなんと醜い事か。どの顔も欲を表出させ、好き勝手に囀《さえず》っている。

(ああ……これが、龍月さんの見て来た世界なんだ)

そこには八重が当たり前に知っていた思いやりや気遣いなど微塵も存在しなかった。

「くだらん。別に誰が産んだとしても、能力に影響はあるまい。それは俺自身で証明されている。そもそも血筋云々と言うなら、とっくにもっと当主に相応しい者が現れていると思うが？」

それは耳に痛い話題だったのか、いきり立っていた者達の熱を若干下げた。

一族全体の問題で、力を持った子供の出生率は年々下がり、有っても微々たるものになりつつある昨今だ。いくら血筋を守ろうと足掻いても、その流れを止める事は出来なかった。

今現在当主に相応しい程の能力を持つ人物は、どう甘めに見繕っても龍月以外一人もいやしない。

「馬鹿馬鹿しい因習など、俺の代で断ち切る。見せ掛けの正妻も必要ない。俺の伴侶は此処にいる八重だけだ。もしも俺達の間に子が出来ないか資格なしとされるならば、誰か別の者が継げば良い」

重ねられた手が温かい。じわりと染み込む熱がささくれた心を癒す。

「何ですと!?　四条の家との縁談をどうするおつもりですか！」

「どうもこうもない。既に断る方向で話は進んでいる。まだ、完全には済んでいないがな」

「正気ですか？　あの家との繋がりを絶つなど百害あって一利なし。どうかお考え直しを！」

まるで全ての黒幕が八重であり、龍月を誑かす淫婦を責める様な視線が集中した。

もしも目だけで人が殺せるなら、とっくに心臓は鼓動を止めていただろう。

「あの、私は……」

喉を震わせた八重を庇う様に龍月の手が伸びたが、甘えてはいけないと思った。やんわりそれを遮って、前を向く。

――闘わなければ、彼は手に入らない。生きて行くと決めたのだ。一緒に。どれだけ辛くとも。ならば、今度は自分が龍月を守る。

「……確かに私はこの家のしきたりも歴史も何も知りません。納得出来無い考え方も沢山ある。だけど、此処にいる誰より……龍月さんを支えたいと願っています。こ、これから先、彼の様に家なんかに苦しめられる子供を見たくはありませんっ」

「家なんか……だと？　この誉れ高い九鬼家に向かって何と言う……！」

「それよりいったい何様のつもりだ！　女は黙っていろ！」

「い、家なんて、そこに住む人がいて成り立つものでしょう？　自分達が生活する結果として生まれる概念じゃない！　その為に人が犠牲になるなんておかしいと思います！　九鬼の為に生きるんじゃなく、生きる為に九鬼家があるべきだわ……！」

ずっと思っていた事。感じていた矛盾。

それを十分の一でも伝えられたら。拳は震えて、声は裏返っていた。

でも言うべき事を伝えなければ。

「貴方達は歪な常識に囚われ過ぎてる。そんなの……世間一般では通用しません！」

「これだから他所から来た女は……！　龍月様っ！　これでお分かりになられたでしょう？　この女では大切なお役目が果たせるはずがありません！」

「……ふ、はっははは……っ」

「りゅ、龍月様……？」

肩を震わせ声を出して嗤う龍月など、これまで誰も見た事がなかった。

まさか気が触れたのか——と訝ったのは一人や二人ではない。

背を丸め口を押さえたままおののくのを一同惚けたまま見詰めていた。勿論八重自身も。

「はは……っ、そうだな、本当になんて愚かなんだ」

「！　そ、そうですよ。花嫁としては不適格です。龍月様に相応しくはない。もっと従順な者がよろしいでしょう。ですから是非代わりにうちの娘を……」

「八重の言う通り、たかが家だ。その為に生きる必要など……最初からなかったな……」

消え入る様な呟きは、静まり返った室内にはっきり響いた。

瞬間絶句した男達の顔色が、赤や青に一斉に変わった。中には土気色に変色してしまった者もいる。

「龍……月、様？」

「お前達、当主の座を狙っている者も多いだろう？　コソコソ命を狙わずとも、欲しい奴があればくれてやるぞ」

「何を仰っているんですか!?」

「俺はもう辞める。四条との縁組がどうしても必要だと考えるなら、新しく当主になる者が果たせば良い。あのお嬢さんは嫌だとは言うまいよ」

いっそ清々しい表情で言い切った顔は、憑き物が落ちた様だった。八重でさえ、あまりの展開に口を開いたまま。

その反応がおかしくて、龍月はまた笑った。

「随分面白い顔だな。間抜けた面を晒すんじゃない」

「間抜け……し、失礼です！」

「はは……本当に、お前といると常に知らない自分が出て来て新鮮だ」

何が楽しいのか未だ肩を揺らす龍月は、おもむろに男達に向き直り居住まいを正した。

「どうする？　お前達。俺の望みはたった一つだ。八重を得る事。それが叶わないならば、此処を出て行く」

「ば、馬鹿げているっ、たかが女一人の為に……！」

蒸気が出そうな程顔を真っ赤にした男がバンバンと畳を叩きながら抗議した。

茫然自失からいち早く復活したのは立派だが、龍月は一瞥しただけで興味を失ったらしい。

「話は終わったな。直ぐに答えを出せとは流石の俺も言わない。一日位猶予はやる。それまでに決めろ。別の当主を立てるなら、俺達は明日のこの時間に出て行く」

言いたい事だけ告げると、龍月はおもむろに八重の手を取った。

「行くか」

「あの、でも……」

「お前が言ったのだろう。たかが家だと。俺もそう思う。それとも九鬼の名を失った俺では嫌か？」

「！　いいえ！」

勢い込んで答えてしまう。

そんな事は関係ない。むしろ不要だ。

倹しい生活ならば慣れている。何なら自分が龍月を養っても構わない。

「一緒に、生きられるなら……」

場所も立場も何でも良い。

いつか願った様に、明るい陽射しの下で手を繋いで歩けるならば。

「取り敢えず明日までは猶予がある。部屋に戻って休むか」

それは淫らな誘い。燃える欲を瞳に宿らせ、龍月は八重の耳元で囁いた。

休ませてくれるつもりなど無いのだと悟り、あらぬ場所が潤むのを感じた。

「誰も見ていなければ良いのだろう？」

「そんな事、している場合じゃないですよね!?」

顔を赤らめる八重の頬に口付けて淫靡に微笑みながら、言葉とは逆に思いのほか龍月はあっさり八重を解放した。

「期待させて悪いが、冗談だ。此処を去るにしろ何にしろ、片付けねばならない残務が腐る程ある。暫く一人にするが、寂しくはないな？」

「私、子供じゃありません！」

高らかに笑いながら屋敷の奥へと向かう龍月を、八重は憮然として見送った。

何だか、とても悔しい。

先程まであんなに縋って来た癖に、今や余裕綽々だ。八重をからかい楽しんでいる。

まるで人が変わったかの様だが、勿論嫌ではない。ただ、いちいち振り回されているのが癪に障るのだ。

いつか私も驚かせてやろうと密かに心に決め、溜飲を下げた。

一人部屋に戻り、縁側に腰掛け庭を眺める。

見慣れたはずのそこは、最後に眺めた時とは違う花が揺れていた。

薄い桃色の大きな物は芙蓉か。花には詳しくないが、そよぐ様は美しかった。

日差しは強いが、日陰は意外に涼しく風が心地良い。僅かに汗ばんだ肌を優しく撫でていく。

目を凝らせば、母の墓がある丘が見える。そちらに向け、そっと手を合わせた。

——お母さん、貴女が望んだ形じゃないかもしれないけれど、私幸せになれるよう頑張ります。人を愛しいと想う気持ちの為に全てを捨てられた貴女の娘だから、きっと出来ると思うの。だからどうか見守って……

「や、八重様！」

緊張のあまり裏返った声がして、八重はその方向に目を遣った。そこには顔を真っ赤にした少女が一人佇んでいた。

そばかすを散らせた垢抜けない容貌だが、愛嬌ある瞳には見覚えがある。仔猫を追ってさ迷い込み、泣きそうになりながら秘密にして欲しいと懇願していた少女。

今度は庭からでなく、廊下から畏まってこちらを見ている。

「貴女は……確か……」

「は、はいっ、以前ミケを保護して頂いた……あの時は本当にありがとうございました！」

膝に額が付くのではないかという程身体を折り曲げ、深々と礼をする少女に慌てて頭を上げるよう言った。

「そんな大層な事はしてないわ」

「いいえ！　あの後ミケを家で飼えるように援助までして頂いて……聞けば、八重様のお口添えがあったとか……もう本当にどうお礼申し上げれば良いか。どうしても、直接お礼を言いたかったんです!!」

元気いっぱいに輝く瞳に浮かぶのは、純粋な感謝と溢れる憧憬。

「まさかそこまでして頂けるなんて……私今まで、本家の人達は怖い方々ばかりだと思っていたんです。皆無表情でいつも不機嫌だし……小さな過ちでも許されないそんな雰囲気でした。特に龍月様は厳しいお方だから、絶対に粗相をしちゃいけないって教わってい　ましたし。そんな中で八重様は気さくでお綺麗で……龍月様が夢中になるの、私分かりま　す」

「そんな……」

大袈裟な、と思いつつジワリと胸が熱くなる。

龍月が自分に夢中かどうかはともかく、約束を守るどころかそれ以上の対処をしてくれていたと分かり、嬉しくて仕方ない。

何も言ってくれないから、知らなかった。陰でここまで心を配ってくれていたなんて。

(やっぱり優しい人……でもきっと、聞いても素直に答えてはくれないんだわ)

改めて愛しさが込み上げる。簡単に見えるものだけが全てじゃない。あらゆる事は全て多面体だ。

必死に知ろうとしなければ、届かない真実がある。

けれど一度その存在に気付いてしまえば、次からはもう探さずにはいられないのだ。

「今度、またミケに会わせて貰えますか？」

「ええ、ええ勿論です！　いつか連れて来ますね。最近はちょっと言う事を聞く様になったから、大丈夫だと思います！」

何度も頭を下げながら去る少女を見送りながら、八重は満たされた気持ちに浸っていた。

(良かった……私、もし此処に残ることになってもやって行けそうな気がして来たわ)

決意を新たに拳を握る。大切な人を守り共に生きて行く為に。

しかし独り残された時間は退屈なもので、下手に静寂があると物思いに耽りそうになってしまう。そういう時の考え事は、大抵良い結果を導き出さないものだ。

時刻はまだ昼前。

せっかくだから、直接お墓参りに行こうか……と思い、腰を浮かせかけた時ヒョコリと秋彦が顔を覗かせた。

「八重ちゃん、ちょっと良いかな？　見せたい物があるんだけど……」

「秋彦さん？」

先程のやり取りを思い出し、僅かに複雑な気分になる。やはり心の奥底では、彼も自分を認めてはいないのか。

他の誰でもなく、龍月が唯一気を許している秋彦には理解して欲しいと願ってしまう。

「さっきはごめんね？　嫌な言い方しちゃって。お詫びに君が気になっているだろう物をお目に掛けるから、許してよ」

いつも通り柔和な笑顔で言われれば、怒っているのも馬鹿らしくなってしまった。

完全に蟠りが消えた訳ではないけれど、それぞれに立場があって仕方のない事だったと割り切る事にする。何時までも引きずるのも大人気ないというものだ。

「もう気にしていません。見せたい物って何ですか？」

「君の本当のお父さんの写真。龍月には内緒だよ……？」

「お父さん？　私の……？」

思わせ振りに微笑む誘惑に、抗う術などあるはずも無い。

「本当ですか？　直ぐ行きます……！」

「じゃあ秘密の話だから、蔵に行こうか？　龍月に見付かると、色々面倒臭いからさ」

無邪気な悪戯を仕掛ける共犯者の様に二人はこっそりと移動した。殆どの者はまだ話し合いという名の大騒ぎを続けているから、それは容易だった。擦れ違う者も無く、誰に咎められもしない。

「秋彦さんは、本当にあの人が大切なんですね」

「そうだね。俺にとってはこの家で生きる為に、なくてはならない存在かな」

「羨ましいです……私にはそういう友人、いませんから」

もしも今後この家で生きるとしたら、先程の少女とはもっと親しくなれないものだろうか？　名前を聞いておけば良かったと悔やまれてならない。

しかしきっと気が合いそうな予感がする。自分から積極的に話し掛けるのはまだまだ苦手だが、機会があれば頑張ってみようと心に決めた。

「ここだよ。鍵を開けるね。扉が重いから、少し下がってくれる?」

耳触りな軋みを立て、分厚い扉は観音開きに開かれた。

黴臭い空気が漏れ出て来る。内部は昼間でも真っ暗で、外の明るさとの落差に眩暈を覚える。

秋彦の背後から覗いていると、中へ入る様に示されたが思わず二の足を踏んでしまった。

「大丈夫。ここなら誰も来やしない」

とん、と背中を押され、たたらを踏んだ。よろめきながら蔵の中に足を踏み入れたが、明り取りがないせいで思った以上に暗く、溢れかえる荷物で埋められ足下も覚束ない。迂《う》闊《かつ》に歩けば転びそうで次の一歩がどうしても出ず、意味もなくその場で足踏みしてしまった。

「秋彦さん……?」

明るさに慣れていた目は瞬間眩んで何も見えなくなり、心細くて後ろにいるはずの男の気配だけを探した。

「ねぇ、八重ちゃん。どうして帰って来たの?」

何度も瞬いた瞳にぼんやり映った秋彦は、後ろを向いて扉を閉じようとしている最中だった。表情の見えない相手から響いたのは、抑揚のない平板なもの。

ゴゥンっと重々しく閉ざされた扉からは一切の光が遮られ失われる。

漆黒に包まれ、嫌な汗が胸の谷間を伝った。外よりは若干温度が低いが、風が無い分蒸し暑い。

何より、言葉にならないざわつきが胸を焼いた。次第に慣れて来た視界には、扉に両手を着いたままの男の後ろ姿が浮かび上がる。

「秋彦さん？　それは、」

いくら鈍い八重とて、何かをおかしいと気が付く。

大声で罵られるより、冷たく蔑まれるより、ぞっと背筋に冷たいものが走った。密度を増した闇が重くのし掛かって来る。

「俺言ったよね？　距離をおいた方が良いって。君の存在はあいつにとって危険過ぎるよ。八重ちゃんが消えてからのあいつは見るに耐えなかったけど、そのうち必ず元に戻ると思っていたのにこの有様だ。あいつは九鬼の当主……誰より強く特別でなくちゃいけない。それをまさかよりにもよって辞めると言い出すとはね」

「……きゃっ」

押し殺した笑いは皮肉に満ちて、陰惨な響きを伴っていた。

異変を感じ取った身体が逃げを打つが、唯一の出入り口は秋彦が塞いでいる。必然愚かにも奥へ進むしかなく、直ぐに腕を取られ地面に捩じ伏せられた。

「げほ……っ、かは……っ」

倒れた際埃を吸い込んだのか、激しく噎《む》せてしまう。深く息をすればする程、喉に絡む不快感が増して行った。

「龍月は子供の頃から俺の憧れだったよ。力が顕現《けんげん》する前も、他の馬鹿な餓鬼と何処か違ってた。頭が良くて、綺麗で、腐ったこの家の中で特別な存在だった。先代当主の子供って事で散々嫌な目にあっただろうに……俺みたいに完全に壊れる様な脆さもなかったんだ」

容赦無く押さえ付けられた為身体中が痛い。それに混乱は極地に達していた。

「離っ……して！」

「あれ？　少し印象が変わったね、八重ちゃん。折角だから、もうちょっと昔話に付き合ってよ。君だって訳も分からず死にたくないでしょう？　言っとくけどこれ破格の対応だよ。普通なら問答無用で消えて貰うんだから」

無理な角度に曲げられた腕が痛い。堆積していた埃が汗ばんだ頬に張り付き気持ちが悪いが、それを気にする余裕もなかった。

「……力が目覚めてからの龍月はそりゃあ恰好良かったよ。男の俺でさえ惚れたね。圧倒的力量差で他の候補者を捩じ伏せて、老害を撒き散らす爺い共を黙らせた。見せてあげたいくらいだったな。……まぁ無理だけど。皆のあいつを見る目が一気に変わって、やっと正当な評価を与えられたんだ。俺は震える程嬉しかった」

「……っ」

ほんの僅か拘束が緩んだ瞬間這いつくばって出口を目指したが、背中を膝で踏まれ遮られた。痛みで動きが止まった刹那、馬乗りになられる。腹の辺りが圧迫されたせいで吐き気がこみ上げ、自然と涙が滲んだ。

「ぁっ……が、」

「勝手に動かないでくれる？　全く、少し油断するとすぐこれだ。まだ話は済んでいないんだけど。あいつはさ、俺の希望の星なの。合いの子って事で虐げられ続けた奴にとっては英雄に近いよ。俺は辛うじて此処に残れる位の力しかなかったけど、龍月は純血をひけらかす奴らが束になっても敵わない程の力を持ってる……だからこそ、孤高の存在として頂点に立ち続けなきゃならないんだ。――その為にはお前が邪魔だ」

「……っひぐ」

体重を掛けられた背骨が軋む。恐怖が喉から迸りそうになった。

初めの頃に龍月から向けられていた憎悪とも違う、純粋な悪意。

あまりに純度が高過ぎて透明なそれは、はたから見て存在に気付く事は出来なかった。

「秋彦さん……苦し……っ」

「ああ、ごめんね？　でも君が悪いんだよ？　俺の龍月を汚したりするから。今までだってあいつにおかしな影響を及ぼしそうな奴は排除して来たんだ。龍月にとっては俺だけで良いんだよ、余計なものなんか要らない。孤独であればある程あいつは光を増す。暗い闇の中でこそ、最高に美しく光り輝く絶対的な支配者であり続けるんだ……」

恍惚を滲ませた表情は無邪気にさえ見えた。だが、子供には決して浮かべ得ない暗い欲望を孕んで。

「ねぇ……だからさ、君は邪魔者なんだよね。初めはあいつが他人にそこまで執着するとは思わなかったし、したとしても九鬼の為に君を利用しているのかと思っていた。だから放置してたんだけど、それが間違いだったかな」

「秋彦さん……おかしいわ、そんな考え方……二人は友達なんじゃなかったんですか……!?　それじゃまるで龍月さんを孤立させようとしているみたい……っ」

「友達……そんなありふれた言葉で括られたくはないな。ねぇ、君は知らないでしょう？この家で親に見捨てられ、力も持たない子供がどれだけ惨めな目にあうか」

「……？」

「俺もね、そりゃ酷い目にあったよ。特に俺の父親は辛うじて一族に残れた様なろくでなしだったし。女中に手を付けて俺を産ませたのが十七の時で、その後も取っ替え引っ替え。幸いと言うか顔は良かったから女に困る事はなかったみたいだね。最後は痴情の縺《もつ》れで殺されちゃ、みっともないったらありゃしないんだけど」

笑顔で語るような内容では無いのに、秋彦は楽しそうに笑い続けた。時には腹を抱えて。

それがまた恐怖を煽る。

同じ顔、同じ声であるのに以前とはまるっきり別人がそこにいる。

元々真意は探らせない様な面があったけれど、これ程の溝を感じたのは初めてだ。言葉は通じているのに意思の疎通が出来ない。そんな恐怖に身体が震える。

本当に毒に冒されたのは、真実闇に沈んでいたのは――

「龍月も俺もまともな人間扱いなんてされなかったなぁ。役に立たない道具には価値なんてないでしょ？　弱い奴には何をしても良いと思う輩はどこにでもいるんだよ」

濃厚な霧が自由を奪って行く。とても現実とは思えぬ陰惨な話が何度も脳内で繰り返された。

秋彦の狂った笑い声と混ざり合い、現実感を破壊する。

「秋彦さ……っ」

「初めて人を殺したのはいつだったかなぁ……もう、覚えてないや。気付いた時にはこの手は血塗れだったし」

秋彦の指が八重の髪に触れた。龍月とは違う触り方に肌が泡立つ。

比べてみれば、ずっと丁寧で優しい感触であるのに何故か不快だった。

悪戯《いたずら》に毛先を弄び時折首筋を掠める指は、酷く冷たく空々しい。

「冗談……ですよね……？」

「ああ……でもあれだけは印象に残っているかな。龍月を産んだとは到底思えないあの下品な女の車に細工してやったのは、最高に爽快だった」

「まさか……」

「逆に感謝されたい位だけどね？　お気に入りの燕と死ねたんだしさ。当時はあの女お抱え運転手と良い仲だったから」

手柄を自慢する如く誇らし気に語るのを、呆然と見上げた。捻った首が痛いが、目を逸らすのはもっと恐ろしい。

明確に手を下した訳ではないなら、それは偶然や可能性に懸けた不確かな確率だっただろう。だが、その事実を隠すつもりもないのだという事が腹の底から怖くて堪らない。

「こんな家とっとと滅びてしまえば良い。俺を虐げた奴等は一人残らず死んじまえ。……呪詛に満ち溢れたお子様がまともに育つはずないでしょ？　自分の中で化け物が毎日大きくなって行くのが分かったけど抗う気もなかった。そんな中で唯一の救いは龍月だった。あいつが居るから生きて行けるし、どんな恥辱に塗れてもいつか龍月を支える為だと思えば我慢出来た。だから、あいつが当主に選ばれた時は本当に報われた気分だったな。それからは積極的に男女構わず寝た。あいつらちょっとやらせてやれば、簡単に情報を明かすから楽なものだったよ。それを元に効率良く敵を排除する事が出来たし、手駒も増やせて一石二鳥。俺と龍月は一心同体だから……何だって出来る」

痛くて苦しくて体の震えが止まらない。恐ろしさからだけではない。

耳を疑う話の全てが真実だと、本能は悟っていた。八重が触れたと思っていた九鬼の暗部さえ、ただの一端。氷山の一角に過ぎない。

その下にはまだ沢山の凝った闇が眠っている。

永久凍土の地平線に佇む子供が脳裡に浮かんだ。今直ぐ抱き締めてあげたいのに、悲しいのは彼がそれを望んでいない事だ。

既にそんなものは届かない彼方へと心は旅立ってしまっている。

——私は、無力だ。

「何？　泣いてるの？　俺の為とか言わないでよね」

可哀想なんて、思う事も失礼だと知った。所詮自分には想像さえ追いつかない世界の話で、言うべき言葉すら浮かんで来ない。

秋彦は同情など欲していない。

痛々しいまでに求めているのはただ一つ。

「目を覚ましてください……！　貴方と龍月さんは別の人間なんですよ？　秋彦さんには秋彦さんの人生が有って、龍月さんにだって……思い通りになんていかないわ……！」

「いってたんだよ！　少なくともお前が現れる前は！　あいつにとっては俺だけが気を許せる相手で……絶対の支配者、九鬼の当主として申し分なかったんだ。それなのに今じゃどうだ!?　自分からその地位を捨てたいと言い出して、すっかり変わっちまった！　あれは俺の理想とする形じゃない。あるべき姿じゃないんだ……!!」

届かない。何一つ。深淵を覗き込む無力感に苛まれ、無駄だと知りつつ何かを言わずにいられなかった。

「秋彦さんは、こんな事出来る人じゃ……」

「八重ちゃんが俺の何を知っているの？　説得出来ると思っているなら諦めた方がいいよ。

頼むから抵抗しないでよね。血の臭いって中々落ちないからさ」

　何を身勝手な、と言い掛けて息を呑んだ。

　その手に光る刃には見覚えが有ったから。

「そ、れ……」

「分かった？　あの時八重ちゃんを傷付けるはずだったものだよ。でも安心して。今回は掠っただけでもあの世逝きの猛毒が塗ってあるから、苦しむ間もなくあの世へ逝けるよ」

　いつぞや狂気に浮かされた女が握っていた刃物は、今秋彦の手の中で不吉な光を放っていた。磨き上げられていた刃は、奇妙な色に変色している。恐らくは、毒物のせいで。

　ではまさか、あの出来事さえ全て秋彦の手の内だったという事か。

　思い至った可能性に寒気がする。

　お馴染みになった耳鳴りがまた響いて来た。

「あの時は成功するとは、はなから思っちゃいなかったけど、龍月が君を庇って怪我したのは想定外だったな。こちらとしては、傷を負った八重ちゃんが恐れをなして逃げ出してくれれば、位の考えだったんだけどね。まさかそれが更に二人を結び付けちゃうなんて……人間相手は本当に難しいよ。犬猫なら簡単に排除出来るのにねぇ……」

「排除……？」

　そう言えばさっきもそんな事を言っていた。まさか、と今日何度目か知れない思いが過る。

それは信じたくない可能性。聞きたくない真実。

「龍月に必要が無いものは全部俺が遠ざける」

どんな方法でなんて聞けない。たぶん八重が思っているそのものだ。ならば、自分も

―――


「あいつをただの男に堕落させるお前は要らないよ」

「いや……っ！　龍月さん、龍月さん助けて……!!」

「無駄だよ。最期くらい思い通りに動いてくれないかな」

どうして見抜けなかったのか。この狂気を。今更でも悔やまれて仕方ない。

自分の迂闊さを呪いながら、諦めたくなくて身を捩る。

これから、なのだ。何もかも始まってさえいない。やっと見付けた居場所。大切な人。

生きたいと思える理由。そのどれ一つをとっても、手放したくはない。

首が痛くなる程振り仰いだ視界には、口角を上げたまま刃物を振りかざす秋彦の姿があった。

今度は守ってくれる人はいない。

痛みに備えて固く目を閉じ、歯を食いしばった。

――せめて、真実が龍月に伝わらなければ良い――

そう願う自分は、やはり甘いだろうか。だが、龍月には秋彦の狂気を知って欲しくは無い。きっと、傷付いてしまうから。

――ごめんなさい。今度こそ、もう――

しかしいつまで経とうとも、無骨な刃が振り下ろされる事は無かった。恐る恐る見上げれば、一点を見詰め凍り付いている秋彦の顔が有る。

「どうして……」

「お節介で粗忽者の女中が教えてくれたんでな。お前と八重が揃って蔵に入って行ったと」

扉が開かれた音には全く気付かなかった。真昼の光と、風が吹き込んだ事にさえ。この家で、これ程黒の着物が似合う男も居ない。しかし今だけは、漆黒の姿が光に見えた。

「龍月さん……」

いつも、助けてくれる。そう思えば、今ある恐怖さえ薄れていく。新たな涙が両眼から零れ落ちた。

「秋彦、説明しろ。これはどういう事だ。俺の妻を足蹴にして許されるとは思っていないだろうな？」

口調こそ平板な物だったが、怒りは隠し様もなく滲み出している。

蔵の中に置かれた無機物さえ慄く様な怒気を放って。

「……全部お前の為だよ。その為なら、俺はいくらでも手を汚せるんだ」

八重の上から腰をあげながら、焦った様子もなく秋彦は言い放った。手にする刃をくるくると弄ぶ様は、玩具を手にする様な気楽さで。

「……まるで俺の幸せだとか全てを決めるのは、お前だという様な言い方だな」

「やだな。俺はただの露払いだよ」

こんな場面でさえ平然としていられるのは、本気で罪悪を感じていないからだ。秋彦の行動原理は全て龍月を中心に回っている。そこに罪の意識など入り込む余地はない。

それは、家の為に間違えた道を突き進む事と何が違うと言うのか。

「……俺が望んでいないとしてもか」

「お前の無意識下の意思を汲むのも、俺のすべき事だ」

今の秋彦には何を言っても無駄な様だった。

それが龍月にも理解出来たのか、悲しげに顔を逸らした。

「お前だけは……九鬼の毒に染まっていないと信じていたのに……」

「嫌だな。そんなおかしなものに染まったつもりはないけど」

八重を抱き起こし背後に庇いながら、龍月は改めて秋彦と向かい合う。

秋彦の何処か晴れ晴れとした表情は、あまりに場違いに過ぎた。

「もう一度問う。八重をどうするつもりだった?」

「決まってる。お前に悪影響を及ぼすものは排除するんだよ。彼女はお前を変えてしまう」

「俺自身は、悪くない変化だと思ったんだがな」

聞いているだけなら、世間話の様な気軽さ。しかしその行き先に沢山のものが託されているとは。

龍月の背中越しから見た秋彦は、一見いつも通りの落ち着きを取り戻していた。その瞳の中に焦げる様な狂気は見当たらない。浮かべる笑顔も穏やかで凪いだ色をしている。だが勿論消えた訳ではない事は、よく分かっていた。

「……残念だよ、秋彦」

「ああ、俺もだ。何とかその女を亡き者にしてお前の目を覚まさせてやりたかったな。……例え憎まれても」

「……っ秋彦!?」

渡され掛かっていた刃は翻され、秋彦の胸に収まった。まるでコマ送りの映像。突き刺さった柄は身体から生えている様に見え、非現実的な光景に声も出ない。存外出血は少ないのかと馬鹿な感想が浮かび、ただ呆然と崩れ落ちる秋彦を見詰めていた。

「何て事を……っ!?　このっ、馬鹿野郎っ!!」

倒れ込む瞬間、秋彦は笑みを浮かべた。これまで見たどの笑顔よりも優しく純粋な。

龍月だけを見詰めたまま、完全に床に伏す最後までその視線が外れる事はなかった。

咄嗟に伸ばされた龍月の手は、何も摑む事無く宙を掻く。

毒が塗られているというのは真実だったらしく、倒れた秋彦はガクガクと痙攣し出した。

「秋彦……っ!!」

「龍月さん……」

「い、医者を……っ」

秋彦を抱き起こし、出血を防ぐ為突き刺さった刃には触れぬよう脈を確かめる龍月は、真っ青になり震えていた。

そんな彼に掛ける言葉など見付からず、肩に触れる事さえ憚られる空気が二人からは立ち昇った。

「今……っ、直ぐ呼んで来ます……っ！」

八重には秋彦の心理が理解出来ない。

大切な人を孤独に追いやり、そして今また最悪の形で彼の傍を離れようとしている。

誰も幸せになれない方法で満足するなんて、まさに正気の沙汰じゃない。でもそれもまた、一つの愛情の形なんだ。

何て、悲しい。

縺れる足を必死に前へ繰り出しながら、溢れる涙は止まらなかった。

終

雀が数羽ちょこちょこと地面を飛び跳ねる。愛らしい姿は見ていると微笑ましく笑みを誘う。

開け放たれた硝子から吹き込む風は心地良く肌を撫でた。

しかしもう長い間縁側に腰掛けたままの男には、そんな事はどうでも良いのだろう。

八重は項垂れた龍月に近付いたが、掛ける言葉など見つからない。憔悴し切った背中は、少し小さくなった気がする。

膝を立て、そこに肘を付き顔を埋めていた龍月の横に座り、意味もなく爪を弄る。

僅かに肩が触れる距離。会話もなまま、それぞれ別のものを見ていた。

八重は季節の移ろい始めた庭を。

龍月は後悔を呼び起こす過去を。

沈黙は苦では無いけれど、黙る時間が長い程次の言葉が出難くなる事を二人とも知っている。

だから切っ掛けになる何かを模索していた。それはたわいない物音で良いし、ちょっとした身動きで構わない。

結局、懸命に地面をつついていた雀が飛び立ったのが合図になった。

「……あいつは俺を光だと言った。馬鹿だな……本物を見た事が無いから、こんな偽物の誘蛾灯に引っ掛かる。本当の光はもっと明るくて温かいのに……」

「龍月、さん」

「でもそんなものに縋らなきゃならない程、あいつの沈んだ闇は深かったんだ……っ」

肩が震えたのが分かった。次第に小さくなる語尾が嗚咽に消える。

「どうして気付かなかった？　ずっと傍に居たはずだ。あいつの事なら何でも分かってるつもりで……っ」

「龍月さん、」

腕の中に抱えた頭は、すっぽりと胸に収まった。母親が幼子にする様に、何度も撫でる。

恐る恐る腰に回された両腕は、直ぐにしがみ付く強さに変わった。

掻き抱かれる息苦しさも、今龍月が感じている痛みに比べれば、どうという物でもない。

「どんな気持ちで笑っていた？　俺は考えた事もなかった……！」

笑顔の仮面の奥で歪み狂って行ったのは、最初はたぶん純粋なものだった。真っさらで、美しいだけのもの。

いつから変わってしまったのか、それはもう誰にも分からない。おそらく秋彦自身にも。

人知れず変容したものに誰一人気付く事なく、行き着く所まで来てしまった。

閉じられた異常な世界では、正してくれるものなど何もなかったから。

「もう少ししたら……雪が降る前には、一緒に会いに行きましょう」

秋彦は今、病院の一室で眠っている。

一命は取り留めたが、意識は戻らない。医者が言うには一生このままの可能性も高いらしい。

龍月と同じ様に毒に耐性が有ったお陰で即死には至らなかったが、心臓は一度その鼓動を止めた。それがどう影響するかも未知数だ。

出血は止まり危機的状態を脱しても、何故か彼は帰って来ない。白いリネンに埋れ眠る秋彦は、何処か安らいでいて今にも起き出しそうにも見えた。

時折動く瞼は幸福な夢を見ている様に思える。そしていつか、いつも通りの笑顔で笑うのだ。

『龍月』『八重ちゃん』の声が懐かしい。もしかしたら、今が秋彦にとっては一番幸せな時なのかもしれない。

「もう少し……この家が落ち着いたら、必ず」

その時どう状況が変わっているのか、それとも何も変わらないのか、それは誰にも分からない。

ただ、約束は未来への道標《みちしるべ》だ。守る事が生きる理由にもなる。

「……忘れないでくださいね。まだ母のお墓参りも連れて行って貰ってないんですから」

「ああ……そうだな……」

「それから、私が働いていたお店にもご挨拶に行かないと。いくら代わりの方が見つかったからと言って、まともなお別れも出来なかったんですもの。申し訳ないわ」

幾つでも交わせば良い。それが此処に彼を引き留める枷《かせ》になるなら。

——ごめんなさい、秋彦さん。この人は渡してあげられない。その代わり、ずっと待っているから。

龍月が手を差し出した。

何度も何度も自分を傷付け続けた手。細く長い指と、形の良い爪に飾られたそれ。取れば、平坦ではない未来が待っているだろう。だが答えはもう決まっている。

「手を離さないと、約束してくださいますか」

「泣き叫んで懇願されても、離すつもりはない」

狂気を伴う激情さえ、麻痺した感覚は歓びと捉えた。

「何処でも無い、此処で生きて行きましょう。いつか秋彦さんの目が覚めた時、帰る場所を用意してあげなければ。それが出来るのは……龍月さん、貴方だけだと思います」

近い将来か遠い未来か。

もう二度と暗い闇に染まる子が現れない様に。歪んだ価値観を育む温床を無くす為に。

「一緒です。ずっと隣に居て、貴方を支えます」

「当たり前だ。お前の居場所は此処……俺の腕の中なんだから」

そう言いながら、抱き締めているのは龍月よりも八重だった。柔らかな胸に頬を寄せ、微かに震える男を優しく包む。

鼓動の音が重なって、分け合った熱が八重と龍月を一つにした。

「愛してます……龍月さん」

「ああ……俺もだ……」

空耳かと思う微かな呟きは、確かに八重の耳に届いていた。

あとがき

初めまして。山野辺《やまのべ》りりと申します。

この度は「影の花嫁」を手にとって頂きありがとうございます。

もう本当に感謝の気持ちでいっぱいです。

そして未だに何かのドッキリではないかと疑っています。ええ、未だに。

人生何が有るか分かりませんね……

ひっそり棲息していたはずが何故かこのような機会を頂き、誰より自分がびっくりです。

歪んだ愛という事で好きなように書かせて頂きましたが、おかしいな……目指したのは純愛のはずなのに。ヒーローが鬼畜過ぎる。

いや、あくまで反抗期を拗らせたツンデレと言い張ります。私的には糖分も注入したはず。うん、たぶん。

素晴らしいイラストを描いてくださった五十鈴様ありがとうございました。

ラフを頂いた際、あまりの素晴らしさに自分で文章書いた事をすっかり忘れ、「何だこの酷い男は！」と半ば本気で憤ってしまいました。

くじけそうになった時は何度も見返し、やる気を補充させて頂きました。

担当のN様、右も左も分からずご迷惑をお掛けしてすいませんでした。

警戒心の塊を丁寧に解して頂き感謝しております。
何とか形に出来たのは適切なアドバイスが有ったからだと思います。
色々相談に乗って頂いたT先生、愚痴に付き合わせて本当に申し訳ありませんでした。
今後も見捨てないでください。
最後にもう一度！
数ある本の中からこの本を読んでくださった皆様、心より感謝申し上げます！

山野辺りり

ソーニャ文庫

この本を読んでのご意見・ご感想をお待ちしております。

◆ あて先 ◆

〒101-0051
東京都千代田区神田神保町2-4-7 久月神田ビル7階
㈱イースト・プレス　ソーニャ文庫編集部
山野辺りり先生／五十鈴先生

影《かげ》の花嫁《はなよめ》

2013年10月7日　第1刷発行

著　者　山野辺《やまのべ》りり
イラスト　五十鈴《いすず》
装　丁　imagejack.inc
DTP　松井和彌
編　集　馴田佳央
営　業　雨宮吉雄、明田陽子
発行人　堅田浩二
発行所　株式会社イースト・プレス
〒101-0051
東京都千代田区神田神保町2-4-7 久月神田ビル8階
TEL 03-5213-4700　　FAX 03-5213-4701
印刷所　中央精版印刷株式会社

ISBN 978-4-7816-9516-7
定価はカバーに表示してあります。

Sonya ソーニャ文庫の本

『君と初めて恋をする』 水月青

イラスト 芒其之一